재치
배움
지혜

해리 포터 시리즈

읽는 순서:
해리 포터와 마법사의 돌
해리 포터와 비밀의 방
해리 포터와 아즈카반의 죄수
해리 포터와 불의 잔
해리 포터와 불사조 기사단
해리 포터와 혼혈 왕자
해리 포터와 죽음의 성물

라틴어로도 읽을 수 있는 책:
해리 포터와 마법사의 돌
해리 포터와 비밀의 방

웨일스어, 고대 그리스어, 아일랜드어로도 읽을 수 있는 책:
해리 포터와 마법사의 돌

함께 읽을 책
신비한 동물 사전
퀴디치의 역사
(코믹 릴리프와 루모스를 돕고자 출간되었음)
음유시인 비들 이야기
(루모스를 돕고자 출간되었음)

이 세 권은 또한 다음의 시리즈로 출간되었습니다:
호그와트 라이브러리
(코믹 릴리프와 루모스를 돕고자 출간되었음)

일러스트 에디션
짐 케이 일러스트
해리 포터와 마법사의 돌
해리 포터와 비밀의 방
해리 포터와 아즈카반의 죄수
해리 포터와 불의 잔

올리비아 L. 길 일러스트
신비한 동물 사전

크리스 리델 일러스트
음유시인 비들 이야기

비밀의 방

2

J.K. 롤링 지음 | 강동혁 옮김

RAVENCLAW

문학수첩

HARRY POTTER & THE CHAMBER OF SECRETS

First published in Great Britain in 1998 by Bloomsbury Publishing Plc
This edition Published in October 2018
Text © J.K. Rowling 1998
Cover and interior illustrations by Levi Pinfold © Bloomsbury Publishing Plc 2018
Wizarding World is a trade mark of Warner Bros. Entertainment Inc.
Wizarding World Publishing and Theatrical Rights © J.K. Rowling
Wizarding World characters, names and related indicia are TM and © Warner Bros.
Entertainment Inc. All rights reserved.
Korean translation copyright © 2022 by Moonhak Soochup Publishing Co., Ltd.

도망치고 싶을 때 운전대를 잡아 주고,

날씨가 궂을 때 함께 있어 주는 친구,

션 P. F. 해리스에게

CONTENTS

기숙사 에디션 일러스트레이터 레비 핀폴드의 이야기

11장
결투 동아리

일요일 아침에 잠에서 깨어나 보니 병동에는 겨울 햇빛
이 맹렬하게 쏟아지고 있었다. 팔에 뼈가 다시 생겨나긴 했
지만 굉장히 뻣뻣했다. 해리는 재빨리 몸을 일으켜 앉아 콜
린의 침대 쪽을 봤지만 어제 해리가 옷을 갈아입을 때 쳤던
것과 같은 높은 커튼에 가려져 보이지 않았다. 해리가 깨어
난 것을 본 폼프리 선생이 아침 식사를 담은 쟁반을 들고
부산스럽게 다가오더니 그의 팔과 손가락들을 구부리고
당기기 시작했다.

"다 제대로 났구나." 해리가 왼손으로 서툴게 포리지를
떠먹고 있을 때 그녀가 말했다. "식사를 마치면 가도 된다."

해리는 콜린과 도비에 관해 빨리 얘기해 주고 싶은 마음

에 최대한 빠르게 옷을 입고 허겁지겁 그리핀도르 탑으로 갔지만 론과 헤르미온느는 보이지 않았다. 해리는 그의 뼈가 다시 생겼는지 어쨌는지에는 관심도 없는 두 사람에게 조금 섭섭함을 느끼면서도 그들이 어디로 갔는지 궁금해하면서 찾아 나섰다.

해리가 도서관을 지나가는데 지난번 만났을 때보다 기분이 훨씬 좋아 보이는 퍼시 위즐리가 걸어왔다.

"오, 안녕, 해리." 그가 말했다. "어제 정말 멋진 비행이었어. 진짜 훌륭해. 그리핀도르가 기숙사 우승컵 선두를 달리게 됐다. 네가 50점을 벌었거든!"

"론이랑 헤르미온느 못 봤어?" 해리가 물었다.

"아니, 못 봤어." 퍼시가 말했다. 그의 미소가 희미해졌다. "론이 또 다른 *여자* 화장실에 있는 게 아니었으면 좋겠는데……."

해리는 억지로 웃어 보이고 퍼시가 사라지는 모습을 지켜본 다음 곧장 울보 머틀의 화장실로 향했다. 론과 헤르미온느가 왜 거기에 다시 갔을지는 알 수 없었다. 하지만 필치나 반장들이 주위에 없는 것을 확인한 다음 문을 열자 잠긴 칸막이 안에서 그들의 목소리가 흘러나왔다.

"나야." 해리가 등 뒤로 화장실 문을 닫으면서 말했다. 칸막이 안에서 쾅 하는 소리와 철퍽거리는 소리, 숨 들이켜는 소리가 나더니 열쇠 구멍으로 내다보는 헤르미온느의 한 쪽 눈이 보였다.

"*해리!*" 그녀가 외쳤다. "깜짝 놀랐잖아. 들어와. 팔은 좀 어때?"

"괜찮아." 해리가 화장실 칸막이 안으로 비집고 들어가며 말했다. 변기 위에 낡은 솥 하나가 놓여 있고, 아래서 타닥타닥 타오르는 소리가 나는 걸 보니 그 밑에다 불을 피워 놓은 모양이었다. 휴대 가능하고 방수가 되는 불을 만들어 내는 건 헤르미온느의 특기였다.

"널 보러 병동에 가려고 했는데 폴리주스 마법약을 빨리 만들어야겠다는 생각이 들었어." 해리가 겨우겨우 칸막이 문을 다시 잠그자 론이 설명했다. "여기가 마법약을 숨기기 가장 좋은 곳이라고 판단했지."

해리는 콜린 이야기를 꺼내려 했지만 헤르미온느가 먼저 입을 열었다. "우리도 이미 알고 있어. 오늘 아침 맥고나걸 교수님이 플리트윅 교수님한테 하는 얘기를 들었거든. 그래서 빨리 시작하는 게 좋겠다고 생각한 거야."

"되도록 빨리 말포이의 자백을 받아 내는 게 좋겠어." 론이 으르렁거리듯 말했다. "내 생각을 말해 줄까? 그 녀석,

퀴디치에서 진 걸 애꿎은 콜린한테 화풀이한 거야."

"다른 얘기도 있어." 해리는 헤르미온느가 마디풀 한 묶음을 뜯어 마법약 안에 던져 넣는 모습을 보며 말했다. "한밤중에 도비가 나를 만나러 왔어."

론과 헤르미온느가 놀라서 고개를 들었다. 해리는 도비가 말해 준, 아니 말해 주지 '않은' 모든 이야기를 그들에게 들려주었다. 론과 헤르미온느는 입을 벌린 채 귀를 기울였다.

"비밀의 방이 *전에도* 열린 적이 있다고?" 헤르미온느가 말했다.

"그럼 다 밝혀졌네." 론이 의기양양한 목소리로 말했다. "루시우스 말포이가 여기 다닐 때 비밀의 방을 열었던 게 틀림없어. 그리고 이제 사랑하는 드레이코 녀석한테 그 방법을 알려 준 거지. 뻔해. 하지만 도비가 그 안에 어떤 괴물이 있는지도 알려 줬다면 좋았을 텐데. 그런 게 학교를 살금살금 돌아다니는데 어떻게 아무도 발견하지 못했는지 진짜 의문이다."

"어쩌면 모습이 보이지 않게 할 수 있는지도 몰라." 헤르미온느가 거머리들을 쿡쿡 찔러서 솥 밑바닥으로 내려보내며 말했다. "아니면 변장할 수 있다거나. 갑옷 같은 걸 흉내 내면서 말이야. 카멜레온 굴에 대해서 읽은 적 있거든……."

"넌 뭘 너무 많이 읽어, 헤르미온느." 론이 죽은 풀잠자리를 거머리 위에 쏟아부으며 말했다. 그는 풀잠자리가 들어 있던 주머니를 구겨 버리고 해리를 돌아보았다.

"그러니까 우리가 기차를 못 타게 만들고 네 팔을 부러뜨린 게 도비였단 말이지……." 론은 고개를 설레설레 저었다. "그거 알아, 해리? 도비가 네 목숨을 구하려는 노력을 그만두지 않으면 결국 널 죽이고 말 거야."

월요일 아침에는 콜린 크리비가 습격을 받아 죽은 듯 병동에 누워 있다는 소식이 학교 전체에 퍼져 나갔다. 소문과 의심으로 분위기가 갑자기 무거워졌다. 1학년들은 혼자 다니다가 습격당할까 봐 겁을 집어먹은 듯 서로서로 바짝 붙어서 무리를 지어 다녔다.

일반 마법 시간에 콜린 크리비 옆자리에 앉았던 지니 위즐리는 놀라서 제정신이 아니었는데, 프레드와 조지가 지니의 기운을 북돋는답시고 하는 일이 해리가 보기엔 영 아니었다. 그들은 털이나 종기로 몸을 뒤덮고 동상 뒤에 숨어 있다가 번갈아 가며 지니에게 달려들곤 했다. 분노로 졸도할 지경이 된 퍼시가 위즐리 부인에게 편지를 써서 지니가 악몽을 꾸고 있다는 얘기를 전하겠다고 말한 뒤에야 그들은 그런 짓을 그만두었다.

한편 행운 부적이나 액막이 부적, 그 밖에 보호용 장비 거래가 선생들의 눈을 피해 학교를 휩쓸고 있었다. 네빌 롱보텀은 크고 고약한 냄새가 나는 초록색 양파와 뾰족한 자주색 수정, 썩은 도룡농 꼬리를 샀다. 그리핀도르의 다른 남학생들이 그는 순수 혈통이므로 공격당할 위험이 없다고 지적하기 전의 일이었다.

"필치가 가장 먼저 당했잖아." 네빌이 말했다. 그의 동그란 얼굴에 두려움이 가득했다. "내가 스큅이나 마찬가지라는 건 모두가 아는 사실이고."

12월 둘째 주에는 맥고나걸 교수가 전처럼 크리스마스 연휴 동안 학교에 남아 있을 사람들의 이름을 적어 갔다. 해리뿐 아니라 론, 헤르미온느가 명단에 이름을 올렸다. 그들은 말포이도 남을 거라는 얘기를 듣고 매우 수상쩍어했다. 폴리주스 마법약을 사용해 말포이에게서 살살 자백을 이끌어 내기에 이번 연휴만큼 좋은 때도 없을 것 같았다.

안타깝게도 마법약은 반 정도만 완성되었다. 바이콘 뿔과 붐슬랑 독사 가죽을 아직 구하지 못했는데, 그것들을 언을 수 있는 곳은 스네이프의 개인 저장고뿐이었다. 해리는 속으로 스네이프의 연구실을 털다가 걸리느니 슬리데린의 전설적인 괴물과 마주치는 게 낫겠다고 생각했다.

"우리한테 필요한 건……." 목요일 오후 마법약 연강 시간이 점점 다가오자 헤르미온느가 씩씩하게 말했다. "양동 작전이야. 그런 다음 우리 중 한 명이 스네이프의 연구실에 들어가서 필요한 걸 가져오는 거지."

해리와 론은 불안한 표정으로 헤르미온느를 바라보았다.

"실제로 훔치는 일은 내가 하는 게 좋을 것 같아." 헤르미온느가 덤덤한 말투로 말했다. "너희 둘이 또 문제를 일으켰다간 꼼짝없이 퇴학을 당할 테고, 나는 교칙 위반 기록이 없으니까. 그러니까 너희는 소동을 일으켜서 스네이프를 5분 정도 정신없게 만들면 돼."

해리는 힘없이 웃었다. 스네이프의 마법약 시간에 일부러 소동을 일으키는 건 잠자는 용의 눈을 찌르는 것만큼이나 위험한 일이었다.

마법약 수업은 넓은 지하 감옥 한 곳에서 열렸다. 목요일 오후 수업은 평소처럼 진행됐다. 놋쇠 저울과 재료가 담긴 병들이 놓인 나무 책상 사이에서 솥단지 스무 개가 김을 피워 올렸다. 스네이프가 연기 사이로 돌아다니면서 그리핀

도르 학생들의 작업에 대해 이것저것 트집을 잡자 슬리데
린 학생들은 즐겁다는 듯 킬킬거렸다. 스네이프가 가장 좋
아하는 학생인 드레이코 말포이는 조금 전부터 계속해서
손가락으로 복어 눈알을 튕겨 론과 해리에게 날려 보내고
있었다. 둘은 말포이에게 복수할 경우 '불공평'하다는 말을
꺼내기도 전에 방과 후 징계를 받게 되리라는 사실을 아주
잘 알고 있었다.

해리가 만든 부풀리기 물약은 너무 묽었다. 하지만 그는
더 중요한 문제를 생각하고 있었다. 헤르미온느의 신호를
기다리느라, 스네이프가 잠시 멈춰 서서 묽은 마법약을 비
웃는 소리도 거의 듣지 못했다. 스네이프가 네빌을 괴롭히
려고 몸을 돌려 걸어갔을 때, 헤르미온느는 해리와 눈을 마
주치고 고개를 끄덕였다.

해리는 얼른 솥단지 뒤에 몸을 움츠리고 주머니에서 프
레드의 필리버스터 폭죽을 꺼내 지팡이로 쿡 찔렀다. 폭죽
이 치익 소리를 내더니 탁탁 타들어 가기 시작했다. 해리는
시간이 별로 없다는 것을 알고 곧바로 몸을 펴서 목표를 겨
냥한 다음 폭죽을 던졌다. 폭죽은 정확히 고일의 솥단지 안
에 떨어졌다.

고일의 마법약이 폭발하면서 온 교실에 소나기처럼 쏟아

져 내렸다. 사방으로 튄 부풀리기 물약에 맞은 아이들이 비명을 질렀다. 얼굴에 한가득 물약을 맞은 말포이의 코가 풍선처럼 부풀기 시작했다. 고일은 두 손으로 만찬용 접시만큼 커진 눈을 가린 채 더듬거리며 돌아다녔다. 한편 스네이프는 안정을 되찾고 무슨 일이 일어난 건지 알아내려고 애썼다. 해리는 교실이 혼란에 빠진 사이 조용히 문을 빠져나가는 헤르미온느를 보았다.

"조용! **조용!**" 스네이프가 고함을 질렀다. "물약을 뒤집어쓴 사람은 모두 이리 와서 바람 빼기 물약을 받아 가라. 이런 짓을 한 녀석은……."

해리는 말포이가 작은 멜론만 하게 부풀어 오른 코 때문에 얼굴을 늘어뜨리고 허둥지둥 앞으로 나가는 모습을 보며 웃음을 억눌렀다. 방망이처럼 굵어진 두 팔을 늘어뜨리거나 부풀어 올라 거대해진 입술로 말을 못 하게 된 아이들이 절반 정도 스네이프의 책상으로 몰려들었을 때, 헤르미온느가 로브 앞자락이 불룩해져서 지하 감옥으로 슬며시 되돌아오는 것이 보였다.

모두가 해독약을 마시고 갖가지 부기가 가라앉자 스네이프는 고일의 솥으로 다가가 비비 꼬인 검은색 폭죽 잔해를 꺼냈다. 갑작스러운 정적이 교실을 가득 채웠다.

"이걸 던진 녀석을 찾아내서……." 스네이프가 낮은 목소리로 말을 이었다. "기필코 퇴학시키도록 하지."

해리는 영문을 모르는 얼굴로 보이길 바라며 표정을 관리했다. 스네이프가 그를 똑바로 쳐다보고 있었기에 10분 뒤에 종이 울리자 그렇게 반가울 수가 없었다.

"내가 그랬다는 걸 알아." 다시 울보 머틀의 화장실로 서둘러 걸어가면서 해리가 론과 헤르미온느에게 말했다. "확실해."

헤르미온느가 새 재료들을 솥에 넣고 열심히 휘젓기 시작했다.

"보름만 있으면 완성될 거야." 그녀가 기뻐하며 말했다.

"스네이프는 네가 그랬다는 걸 증명할 수 없잖아." 론이 해리를 안심시키려는 듯 말했다. "뭘 어쩌겠어?"

"내가 아는 스네이프는 뭔가 더러운 방법을 쓸 사람이야." 해리가 말했다. 마법약이 거품을 내며 부글부글 끓어올랐다.

1주일 뒤 해리, 론, 헤르미온느는 현관홀을 지나다가 몇몇 사람이 게시판 주위에 모여 거기에 꽂힌 양피지를 읽고 있는 모습을 보았다. 셰이머스 피니건과 딘 토머스가 흥분한 표정으로 그들에게 손짓했다.

"결투 동아리가 생긴대!" 셰이머스가 말했다. "오늘 밤에 첫 모임이 있어! 결투 수업도 나쁘지 않을 것 같아. 특히 요즘 같은 때에는 쓸모가 있을 테니까⋯⋯."

"뭐야, 슬리데린의 괴물이 결투를 할 줄 안다는 거야?" 그렇게 말하면서도 론 또한 관심을 갖고 공고문을 읽었다.

"제법 쓸모가 있겠는걸." 저녁을 먹으러 가면서 론이 해리와 헤르미온느에게 말했다. "우리도 한번 가 볼까?"

해리와 헤르미온느 모두 찬성했으므로 그들은 그날 저녁 8시에 곧바로 다시 대연회장으로 갔다. 기다란 저녁 식탁이 사라지고 한쪽 벽을 따라 황금색 무대가 설치되어 있었다. 머리 위로 둥둥 떠 다니는 수천 개의 촛불이 그 무대를 비추고 있었다. 천장은 이번에도 벨벳 같은 검은색이었고, 그 아래에 거의 전교생이 하나같이 마법 지팡이를 들고 잔뜩 흥분한 표정을 지은 채 빽빽하게 모여 있었다.

"누가 가르치려나?" 헤르미온느가 재잘거리는 아이들 쪽으로 다가가면서 말했다. "누가 그러는데 플리트윅 교수님이 젊었을 때 결투 챔피언이었대. 플리트윅 교수님일지도 몰라."

"나는 그 사람만 아니면 좋겠⋯⋯." 해리는 입을 열었다가 신음으로 말을 맺었다. 길더로이 록하트가 짙은 자주색 로브를 화려하게 빛내며 다름 아닌 스네이프와 함께 무대에 오르고 있었다. 스네이프는 평소처럼 검은 옷을 입고 있었다.

록하트가 팔을 휘저어 아이들을 조용히 시키더니 소리쳤다. "여기 모이거라, 모여 봐! 다들 내가 보이니? 내 목소리도 들리고? 좋아! 자, 덤블도어 교수님께서 내가 이 작은 결투 동아리를 만들 수 있게 허락해 주셨다. 너희가 스스로를 지켜야 하는 경우에 대비하도록 훈련시켜 주라는 말씀이었지. 난 그런 경험이 엄청나게 많거든. 자세한 건 내 책을 읽어 보거라. 나의 조수 스네이프 교수님을 소개하마." 록하트가 환한 웃음을 지으며 말했다. "스네이프 교수님은 결투에 관해 아주 조금 아신다면서, 시작 전 짧은 시범으로 날 돕는 데 과감하게 동의하셨단다. 자, 걱정할 것 하나도 없다. 내가 일을 마치고 나서도 너희한테는 여전히 마법약 교수님이 계실 테니, 두려워하지 말아라!"

"저 둘이 서로를 끝장내면 더 좋지 않을까?" 론이 해리의 귀에 대고 투덜거렸다.

스네이프의 윗입술이 비틀려 올라가고 있었다. 해리는 록하트가 왜 아직도 웃고 있는지 의문스러웠다. 자신이 스네이프의 저런 눈빛을 마주했다면 주저하지 않고 최대한 빠르게 반대쪽으로 도망쳤을 것이다.

록하트와 스네이프는 몸을 돌려 마주 선 다음 허리 숙여 인사했다. 적어도 록하트는 양손을 요란하게 돌리면서 그렇게 했다. 반면 스네이프는 짜증스럽다는 듯 머리를 획 한 번 까닥였을 뿐이다. 그러더니 두 사람은 마법 지팡이를 칼처럼 앞으로 들어 올렸다.

"보다시피 우리는 지금 일반적인 결투 자세로 지팡이를 들고 있단다." 록하트가 침묵에 잠긴 아이들을 향해 말했다. "셋을 세면 첫 번째 주문을 날릴 거야. 물론, 우리 중 누구도 상대를 죽일 생각은 없단다."

"아닌 것 같은데." 해리가 이를 드러내는 스네이프를 바라보며 중얼거렸다.

"하나, 둘, 셋……."

둘 다 지팡이를 들어 올리더니 어깨 위로 휘둘렀다. 스네이프가 소리쳤다. "엑스펠리아르무스!" 현란한 짙은 붉은 빛이 번뜩이자 록하트가 뒤로 벌렁 나가떨어졌다. 그는 무대 밖까지 날아가 벽에 부딪힌 다음 쭉 미끄러지더니 팔다리를 뻗고 바닥에 쓰러졌다.

말포이를 포함해 슬리데린의 몇몇 학생이 환호했다. 헤

르미온느는 까치발을 들고 안절부절못했다. "괜찮으실까?" 헤르미온느가 입을 가리고 꺅 소리를 질렀다.

"알 게 뭐야?" 해리와 론이 동시에 말했다.

록하트가 휘청거리며 일어났다. 모자가 벗겨지고 머리카락은 곤두서 있었다.

"뭐, 바로 이거지!" 그가 비틀비틀 다시 무대 위로 올라가면서 말했다. "보다시피, 무장해제 마법이다. 내 마법 지팡이가 없어졌는데……. 아, 고맙다, 브라운 양. 네, 학생들에게 이 마법을 보여 주시다니 정말이지 훌륭한 생각입니다, 스네이프 교수님. 그런데 이렇게 말하면 언짢으실지 모르겠지만 솔직히 교수님이 뭘 하실지 너무 뻔했어요. 제가 마음만 먹었다면 교수님을 막는 건 아주 쉬웠을 겁니다. 하지만 학생들한테 보여 주는 게 더 도움이 될 것 같아서 일부러……."

스네이프는 살인이라도 저지를 것 같은 얼굴이었다. 록하트도 그것을 알아차린 듯 얼른 말을 이었다. "시범은 이걸로 충분해! 이제 내가 가서 너희를 둘씩 짝지어 주마. 스네이프 교수님, 좀 도와주시겠습니까……."

그들은 학생들 사이를 다니며 상대를 짝지어 주었다. 록하트는 네빌을 저스틴 핀치플레츨리와 짝지어 주었고, 스네이프는 가장 먼저 해리와 론에게 왔다.

"환상의 짝꿍을 찢어 놓을 때가 된 것 같군." 그가 비웃음을 지으며 말했다. "위즐리, 너는 피니건하고 짝이 되어라. 포터는⋯⋯."

해리는 무심코 헤르미온느 쪽으로 움직였다.

"아, 그렇겐 안 되지." 스네이프가 차가운 미소를 머금으며 말했다. "말포이 군, 이리 오도록. 네가 유명하신 포터를 어떻게 처리하는지 보자꾸나. 그리고 너, 그레인저 양. 너는 벌스트로드 양과 짝이 되면 된다."

말포이가 히죽거리며 의기양양하게 걸어왔다. 《마귀할멈과의 휴일》에서 본 그림을 연상케 하는 슬리데린 여학생이 그 뒤를 따랐다. 그녀는 크고 떡 벌어진 덩치에, 육중한 턱은 공격적으로 튀어나와 있었다. 헤르미온느가 살짝 미소 지었지만 그 아이는 답례하지 않았다.

"상대를 마주 보고!" 록하트가 다시 단상에 올라가 소리쳤다. "인사!"

해리와 말포이는 서로에게서 눈을 떼지 않았고 머리도 거의 숙이지 않았다.

"마법 지팡이 준비!" 록하트가 외쳤다. "내가 셋을 세면, 상대방을 무장해제시키는 마법을 걸어라. 오직 무장해제만 하도록. 사고가 나면 안 되니까. 하나…… 둘……
셋……."

해리가 어깨 위로 지팡이를 휘둘렀지만 말포이는 이미
"둘"에서 움직였다. 말포이의 주문을 어찌나 세게 맞았는
지 꼭 프라이팬으로 머리를 가격당한 기분이었다. 해리는
비틀거리면서도 모든 게 아직 제대로 작동하는 듯했기에
더 지체하지 않고 지팡이로 말포이를 똑바로 겨누며 소리
쳤다. "릭투셈프라!"

은색 빛줄기가 배에 명중하자 말포이는 식식거리며 몸을
웅크렸다.

"무장해제만 하라고 했잖아!" 말포이가 무릎을 꿇고 주
저앉자 놀란 록하트가 결투를 벌이고 있는 아이들 머리 위
로 소리쳤다. 해리가 말포이에게 명중시킨 것은 간지럼 마
법이었다. 말포이는 웃느라 거의 움직이지 못했다. 해리는
바닥에 쓰러진 말포이에게 마법을 거는 건 왠지 정정당당
하지 못한 것 같아 잠시 머뭇거렸다. 하지만 그것은 실수였
다. 말포이는 헐떡거리면서도 해리의 무릎에 지팡이를 겨
누고 목멘 소리로 말했다. "타란탈레그라!" 다음 순간 해리
의 두 다리가 통제를 벗어나 퀵스텝을 추듯 정신없이 움직
이기 시작했다.

"그만! 그만!" 록하트가 소리를 질렀지만 사태를 수습한 건 스네이프였다.

"피니테 인칸타템!" 스네이프가 소리쳤다. 해리의 두 발은 춤추기를 멈췄고, 말포이는 웃음을 멈췄다. 그들은 그제야 주위를 둘러보았다.

초록 빛깔의 부연 연기가 주위에 가득 맴돌고 있었다. 네빌과 저스틴 둘 다 바닥에 누워 숨을 헐떡였고, 론은 얼굴이 사색이 된 셰이머스를 붙들고 자신의 부러진 마법 지팡이가 저지른 짓을 사과하고 있었다. 그러나 헤르미온느와 밀리선트 벌스트로드는 아직 결투 중이었다. 밀리선트가 헤르미온느의 머리를 겨드랑이에 끼고 조르자 헤르미온느는 아파서 훌쩍거렸다. 두 사람의 마법 지팡이는 완전히 잊힌 채 바닥을 나뒹굴고 있었다. 해리가 뛰쳐나가 밀리선트를 떼어 놓았다. 밀리선트가 해리보다 훨씬 컸기 때문에 쉽지는 않았다.

"이런, 이런." 록하트가 아이들을 헤치고 달려오더니 여러 결투의 여파를 둘러보았다. "일어나거라, 맥밀런……. 포셋 양, 거기 조심하고……. 꽉 눌러라. 조금 있으면 피가 멈출 거다, 부트……. 해로운 주문을 막는 방법을 가르쳐 주는 편이 더 낫겠구나." 록하트가 연회장 한가운데 서서 허둥

거리며 말했다. 그는 검은색 눈을 번뜩이는 스네이프를 힐
끗 쳐다봤다가 재빨리 시선을 돌렸다. "지원자를 받도록 하
자. 롱보텀과 핀치플레츨리, 너희가 해보는 게 어떠냐?"

"터무니없는 생각이군요, 록하트 교수." 스네이프가 악
의를 품은 거대 박쥐처럼 스르르 다가오면서 말했다. "롱
보텀은 가장 간단한 주문으로도 엄청난 혼란을 일으키는
녀석이니까. 핀치플레츨리의 남은 몸을 성냥갑에 담아 병
동으로 보내게 될 거요." 네빌의 동그란 분홍빛 얼굴이 더
욱 붉어졌다. "말포이와 포터는 어떤가요?" 스네이프가 배
배 꼬인 미소를 지으며 말했다.

"좋은 생각입니다!" 록하트가 말하며 해리와 말포이를
연회장 한가운데로 손짓해 부르자, 아이들은 물러나 공간
을 만들어 주었다.

"자, 해리." 록하트가 말했다. "드레이코가 너한테 지팡
이를 겨누면 이렇게 하거라."

그는 마법 지팡이를 들어 올려 복잡하게 휘두르는 동작
을 시범 보이려다가 그만 떨어뜨리고 말았다. 스네이프가
히죽 웃는 가운데 록하트가 재빨리 지팡이를 주워 들며 말
했다. "이런, 실수. 내 마법 지팡이가 조금 흥분했구나."

스네이프가 말포이에게 다가가더니 허리를 숙이고 그의

귀에 뭔가를 속삭였다. 말포이 또한 히죽거렸다. 해리가 초조하게 록하트를 올려다보며 말했다. "교수님, 막는 거 다시 한 번 보여 주실 수 있을까요?"

"무섭냐?" 말포이가 록하트에게는 들리지 않는 목소리로 중얼거렸다.

"퍽이나." 해리가 한쪽 입가를 움직이며 말했다.

록하트는 그저 즐겁다는 듯 해리의 어깨를 살짝 두드릴 뿐이었다. "그냥 내가 한 대로만 하면 된다, 해리!"

"아니, 지팡이를 떨어뜨리라고요?"

하지만 록하트는 듣고 있지 않았다.

"셋, 둘, 하나, 시작!" 록하트가 소리쳤다.

말포이가 재빨리 마법 지팡이를 들어 올리고 소리쳤다. "서펜소르티아!"

말포이의 지팡이 끝에서 폭발이 일어났다. 해리가 입을 쩍 벌리고 지켜보는 사이 검은색 몸통의 긴 뱀이 튀어나와 두 사람 사이 바닥에 묵직하게 떨어지더니 공격하려는 듯 몸을 일으켰다. 아이들이 비명을 지르며 황급히 물러나자 공간이 텅 비었다.

"움직이지 마라, 포터." 해리가 그 자리에 꼼짝 않고 서서 성난 뱀과 눈을 맞추고 있는 모습이 즐거운 듯 스네이프가 느긋한 목소리로 말했다. "내가 없애 줄 테니⋯⋯."

"제가 하지요!" 록하트가 외쳤다. 그가 뱀을 향해 마법 지팡이를 휘두르자 쾅 하는 소리가 요란하게 울려 퍼졌다. 뱀은 사라지는 대신 공중으로 3미터쯤 날아올랐다가 큰 소리를 내며 다시 바닥에 떨어졌다. 뱀은 화가 머리끝까지 난 듯 사납게 쉭쉭거리며 저스틴 핀치플레츨리 쪽으로 곧장 미끄러져 가더니 다시 몸을 일으켜 공격할 것처럼 송곳니를 드러냈다.

해리도 자기가 왜 그랬는지 알 수 없었다. 심지어 그래야 겠다고 마음먹은 것조차 몰랐다. 그가 아는 거라곤, 발에 바퀴라도 달린 듯 두 다리가 그를 앞으로 이끌었고 그 자신이 멍청하게도 뱀한테 소리쳤다는 것뿐이었다. "그만둬!" 그러자 믿을 수 없게도, 마치 기적처럼, 뱀은 두꺼운 검은색 정원 호스만큼이나 고분고분해져서 바닥에 늘어졌다. 뱀의 시선은 해리에게 향해 있었다. 해리는 두려움이 가시는 것을 느꼈다. 그는 이제 뱀이 누구도 공격하지 않으리라는 것을 알았다. 어떻게 알았는지는 설명할 수 없었지만 어쨌든 알 수 있었다.

해리는 안도하거나 어리둥절하거나 어쩌면 고마워하는 표정을 기대하면서 저스틴을 보고 씩 웃었다. 화가 나고 겁에 질린 표정을 기대한 건 분명 아니었다.

"무슨 장난을 치는 거야?" 그가 소리쳤다. 저스틴은 해리가 뭐라고 말하기도 전에 몸을 돌리더니 연회장을 뛰쳐나갔다.

스네이프가 앞으로 나서서 마법 지팡이를 휘두르자 뱀은 조그맣게 펑 하는 소리를 내면서 검은 연기가 되어 사라졌다. 스네이프 역시 전혀 예상하지 못한 얼굴로 해리를 바라보고 있었다. 빈틈없이 살펴보는 그 표정이 해리는 마음에 들지 않았다. 그는 또한 사방에서 사람들이 불길하게 수군대고 있다는 사실을 어렴풋이 알아차렸다. 그때, 누군가가 그의 로브 뒷자락을 잡아당겼다.

"가자." 론이 말하는 소리가 들렸다. "어서. 가자고……."

론이 연회장 밖으로 해리를 이끌었고 헤르미온느가 얼른 따라왔다. 문을 지나는데, 양옆에 있던 아이들이 뭐라도 옮을까 두려운 듯 황급히 물러섰다. 해리는 무슨 영문인지 도무지 알 수가 없었다. 게다가 론도 헤르미온느도 그를 텅 빈 그리핀도르 휴게실로 끌고 가는 내내 아무 설명도 하지 않았다. 휴게실에 도착하고 나서야 론이 해리를 안락의자로 밀치더니 말했다. "너 파셀마우스였구나. 왜 우리한테 말 안 했어?"

"내가 뭐라고?" 해리가 물었다.

"*파셀마우스!*" 론이 말했다. "너 뱀하고 대화할 수 있잖아!"

"그건 나도 알아." 해리가 말했다. "그러니까, 뱀이랑 얘기한 건 이번이 겨우 두 번째지만 말이야. 예전에 동물원에 갔을 때 어쩌다 내 사촌 더들리한테 브라질 보아뱀을 풀어 놨는데…… 이야기하자면 길어. 그 뱀은 나한테 브라질에 한 번도 못 가 봤다고 말했고, 나는 의도한 건 아니지만 그 뱀을 뭐랄까, 자유롭게 해 줬어. 내가 마법사라는 걸 알기 전의 일이야……."

"보아뱀이 너한테 브라질에 한 번도 못 가 봤다고 말했다고?" 론이 힘없이 되풀이했다.

"그게 뭐?" 해리가 말했다. "여기에는 그런 걸 할 줄 아는 사람이 엄청 많을 거 아냐."

"아니, 그렇지 않아." 론이 말했다. "그건 흔한 재능이 아니야, 해리. 안 좋은 거야."

"뭐가 안 좋은데?" 해리가 물었다. 화가 치밀어 오르기 시작했다. "다들 왜 그러는 거야? 잘 들어, 내가 그 뱀한테 저스틴을 공격하지 말라고 하지 않았다면……."

"아, 그렇게 말한 거였어?"

"무슨 소리야? 너도 거기 있었잖아……. 내 말 들었잖아."

"나는 네가 뱀의 말을 하는 걸 들었지." 론이 말했다. "뱀의 언어 말이야. 무슨 얘기를 했는지는 몰라. 저스틴이 겁에 질린 것도 이상한 일은 아냐. 네가 뱀을 부추기거나 뭐 그런 것처럼 들렸단 말이야. 오싹했어, 진짜."

해리는 입을 딱 벌리고 론을 바라보았다.

"내가 다른 언어로 말했다고? 하지만, 나는 몰랐어. 내가 그 말을 할 줄 안다는 것도 모르는데 어떻게 말할 수 있겠어?"

론은 고개를 저었다. 론과 헤르미온느 둘 다 누가 죽기라도 한 듯한 표정이었다. 해리는 뭐가 그렇게 끔찍한지 알 수가 없었다.

"흉측한 거대 뱀이 저스틴의 머리를 물어뜯지 못하도록 한 게 대체 뭐가 문제인지 말해 줄래?" 해리가 말했다. "저스틴이 머리 없는 사냥회에 가입할 일이 없어졌는데, 내가 어떻게 했는지가 그렇게 중요해?"

"중요해." 헤르미온느가 마침내 나직한 목소리로 말했다. "왜냐하면 살라자르 슬리데린이 뱀과 대화하는 능력으로 유명했으니까. 슬리데린 기숙사의 상징이 뱀인 것도 그

때문이야."

해리는 입을 떡 벌렸다.

"바로 그거야." 론이 말했다. "이제 전교생이 너를 슬리데린의 손자의 손자의 손자의 손자 같은 걸로 생각하겠지……."

"하지만 아닌걸." 설명하기 어려운 두려움을 느끼며 해리가 말했다.

"그걸 증명하기는 어려울 거야." 헤르미온느가 말했다. "슬리데린은 천 년쯤 전에 살았던 사람이잖아. 네가 그 후손일 수도 있어."

해리는 그날 밤 몇 시간이나 뜬눈으로 침대에 누워 있었다. 그는 사주식 침대에 두른 커튼 틈새로, 탑의 창문 너머 슬슬 흩날리기 시작하는 눈발을 보며 생각에 잠겼다.

해리가 살라자르 슬리데린의 후손일 수도 있을까? 하기야 그는 아버지의 가족에 대해선 아무것도 몰랐다. 더즐리 부부는 해리가 마법사 친척들에 관해 물어볼 때마다 항상 질색했다.

해리는 조용히 뱀의 언어로 무언가 말해 보려고 애썼다. 말이 나오지 않았다. 뱀의 말을 하려면 뱀과 마주 보고 있어야 하는 것 같았다.

'하지만 나는 *그리핀도르야*.' 해리는 생각했다. '나한테 슬리데린의 피가 흐른다면 기숙사 배정 모자가 나를 여기에 넣지 않았을 거야……..'

'*아*.' 해리의 머릿속에서 어떤 심술궂은 작은 목소리가 말했다. '하지만 기숙사 배정 모자는 *너를 슬리데린에 넣고 싶어 했잖아*. 기억 안 나?'

해리는 몸을 뒤척였다. 다음 날 약초학 시간에 저스틴을 만나 자기는 뱀을 공격하라고 부추긴 게 아니라 물러가게 한 거라고 설명할 생각이었다. 바보라도 눈치챘을 일이건만(해리는 화가 나서 베개에 주먹질을 하며 생각했다).

그러나 다음 날 아침, 밤사이 내리기 시작한 눈이 거센 눈보라로 바뀌는 바람에 학기 마지막 약초학 수업은 취소되었다. 스프라우트 교수는 맨드레이크에 양말을 신기고 목도리를 둘러 주고 싶어 했다. 맨드레이크가 빨리 자라서 노리스 부인과 콜린 크리비를 회복시키는 일이 무엇보다도 중요한 이때, 그 일은 스프라우트 교수가 누구에게도 맡기지 않을 까다로운 작업이었다.

해리가 그리핀도르 휴게실 난롯가에서 속을 끓이는 동안

론과 헤르미온느는 취소된 수업 시간을 마법사 체스를 두는 데 썼다.

"제발 부탁인데, 해리." 론의 비숍 하나가 헤르미온느의 나이트를 말에서 떨어뜨려 체스판 밖으로 끌고 나갔을 때 헤르미온느가 화를 내며 말했다. "그렇게 신경 쓰이면 가서 저스틴을 찾아."

그래서 해리는 자리에서 일어나, 저스틴이 어디에 있을까 생각하면서 초상화 구멍으로 나갔다.

창문마다 굵은 회색 눈발이 소용돌이치고 있어서 성은 평소의 낮보다 어두웠다. 해리는 몸을 부르르 떨면서 수업 중인 교실들을 지나쳤다. 안에서 소리가 띄엄띄엄 들려왔다. 맥고나걸 교수가 누군가에게 소리를 지르고 있었는데, 듣자 하니 학생 하나가 옆 친구를 오소리로 만들어 버린 모양이었다. 해리는 한번 들여다보고 싶은 충동을 억누르며 계속 걸었다. 저스틴이 빈 수업 시간을 이용해 밀린 공부를 하고 있을지도 모른다는 생각에 가장 먼저 도서관을 확인해 보기로 했다.

약초학 수업을 들었어야 할 후플푸프 학생 한 무리가 정말로 도서관 안쪽에 앉아 있었다. 공부를 하고 있는 것 같지는 않았다. 길게 줄지어 선 높은 책꽂이 사이로, 그들이

머리를 맞대고 흥미진진한 대화를 나누고 있는 듯한 모습
이 보였다. 그중에 저스틴이 있는지는 보이지 않았다. 그쪽
으로 가까이 다가가자, 그들이 나누고 있던 이야기가 들려
왔다. 해리는 투명 마법 관련 도서들이 꽂힌 책꽂이에 몸을
숨긴 채 서서 귀를 기울였다.

"그래서 아무튼……." 통통한 남학생 하나가 이야기하고
있었다. "내가 저스틴한테 기숙사 침실에 숨어 있으라고
했어. 그러니까, 만약 포터가 저스틴을 다음 희생자로 찍
었다면 당분간 바짝 엎드려 있는 게 최선이잖아. 물론 저
스틴이 포터한테 자기가 머글 태생이라는 말을 흘렸으니
이런 일이 생기는 것은 시간문제였지. 글쎄, 포터 앞에서
이튼에 들어가기로 돼 있었다는 말까지 했다는 거야. 슬리
데린의 후계자가 날뛰고 있는 상황에서 떠벌릴 얘기는 아
니지 않나?"

"그럼 넌 정말 포터가 그랬다고 확신하는 거야, 어니?"
땋은 금발 머리의 여학생이 불안이 깃든 목소리로 물었다.

"해너." 통통한 남학생이 진지하게 말했다. "걔는 파셀
마우스야. 그게 어둠의 마법사를 나타내는 표시라는 건 다
들 알잖아. 선한 마법사가 뱀이랑 대화했다는 얘기 들어 봤
어? 살라자르 슬리데린부터가 '뱀 혀'라고 불렸잖아."

그 말에 몇몇이 심각하게 수군거리자 어니가 말을 이었다. "벽에 뭐라고 쓰여 있었는지 기억나? '후계자의 적들이여, 경계하라.' 포터는 필치하고 다툼이 좀 있었어. 다음에 어떻게 됐더라? 필치의 고양이가 습격당했잖아. 그 1학년생 크리비는 퀴디치 시합 때 진흙탕에 드러누워 있는 포터의 사진을 찍는답시고 걔를 짜증 나게 했어. 그다음엔 알다시피 크리비가 습격당했지."

"그래도 걘 언제나 아주 착해 보였는데." 해너가 확신이 서지 않는다는 듯 말했다. "그리고 뭐랄까, 걔가 바로 '그 사람'을 사라지게 한 애잖아. 나쁜 애일 리가 없어. 안 그래?"

어니가 은근하게 목소리를 낮추자 후플푸프 학생들은 더욱 바짝 허리를 숙였다. 해리도 어니의 말을 들으려고 더 가까이 다가갔다.

"그 애가 '그 사람'의 공격에서 어떻게 살아남았는지는 아무도 몰라. 무슨 말이냐면, 그 일이 일어났을 때 걔는 그냥 아기였잖아. 산산조각 났어야 한다고. 진짜로 강력한 어둠의 마법사만이 그런 저주를 맞고도 살아남을 수 있어." 어니는 귓속말과 다름없을 만큼 목소리를 낮추고 말을 이었다. "'그 사람'이 애초에 걔를 죽이려고 한 것도 그 때문인지 몰라. 또 다른 어둠의 왕과 경쟁하길 바라지 않았던 거지. 난 포터가 또 어떤 힘을 숨기고 있을지 궁금한데?"

해리는 더 이상 참을 수가 없었다. 그는 큰 소리로 목을 가다듬으며 책꽂이 뒤에서 모습을 드러냈다. 그렇게 화가 나지 않았다면 눈앞의 광경이 꽤 우스웠을 것이다. 해리의 등장에 후플푸프 학생들은 하나같이 석화된 것 같았고, 어니의 얼굴에서는 핏기가 가셨다.

"안녕." 해리가 말했다. "저스틴 핀치플레츨리를 찾고 있는데."

후플푸프 아이들이 가장 두려워하던 일이 현실이 되었다. 그들은 모두 공포에 질린 눈빛으로 어니를 바라보았다.

"걔는 왜 찾아?" 어니가 떨림이 깃든 목소리로 물었다.

"결투 동아리에서 뱀이 나타났을 때 실제로 무슨 일이 벌어졌던 건지 얘기해 주려고." 해리가 대답했다.

어니가 하얗게 질린 입술을 깨물더니 심호흡을 하고 말했다. "우리 모두 거기에 있었잖아. 우리도 무슨 일이 벌어졌는지 봤어."

"그럼 너도 내가 말하니까 뱀이 물러났다는 걸 알겠네." 해리가 말했다.

"내가 본 건" 하고, 어니는 떨면서도 고집스럽게 말했다. "네가 뱀의 말을 하면서 저스틴 쪽으로 뱀을 몰아간 것뿐

37

이었어."

"나는 뱀을 저스틴한테 보낸 게 아니야!" 해리가 말했다. 분노로 목소리가 떨렸다. "뱀은 그 애를 건드리지도 않았잖아!"

"그럴 뻔했지." 어니가 말했다. "그리고 네가 이상한 생각을 할까 봐 하는 얘긴데" 하더니 그가 서둘러 덧붙였다. "우리 가족을 조사해 보면 아홉 세대 위까지 모두 마법사 혹은 고위 마법사고, 내가 누구보다도 순수한 혈통이라는 걸 알 수 있을 거야. 그러니까……."

"난 네 혈통 따위엔 관심 없어!" 해리가 사납게 소리쳤다. "내가 왜 머글 태생을 공격하고 싶어 하겠어?"

"같이 사는 머글들을 굉장히 싫어한다고 들었는데." 어니가 재빨리 말했다.

"더즐리네랑 같이 살아 보면 그 사람들을 싫어하지 않을 수 없을걸." 해리가 말했다. "너도 한번 같이 살아 봐."

해리는 몸을 홱 돌려 도서관을 뛰쳐나갔다. 금박을 입힌 커다란 마법 책 표지를 닦고 있던 핀스 선생이 나무라듯 그를 쏘아보았다.

해리는 어디로 가는지도 모르고 어기적거리며 복도를 나아갔다. 울화가 치밀었다. 그때 그는 뭔가 아주 크고 단단한 것에 부딪쳐 뒤로 벌렁 넘어지고 말았다.

"아, 안녕하세요, 해그리드." 해리가 위를 올려다보며 말했다.

눈 덮인 털모자에 얼굴이 완전히 가려지긴 했지만, 두터지 가죽 외투를 입고 복도를 꽉 채우다시피 하고 있는 사람이 다른 인물일 리는 없었다. 장갑을 낀 그의 커다란 한쪽 손에는 죽은 수탉이 들려 있었다.

"괜찮냐, 해리?" 해그리드가 털모자를 걷어 올리며 물었다. "왜 수업 안 듣고?"

"취소됐어요." 해리가 일어나며 말했다. "아저씨는 여기서 뭐 하세요?"

해그리드는 축 늘어진 닭을 들어 보였다.

"이번 학기에 벌써 두 마리나 죽었어." 그가 설명했다. "여우 아니면 흡혈 벅베어일 거다. 닭장 주위에 마법을 걸려면 교장 선생님한테 허락받아야 하거든."

해그리드는 눈가루가 점점이 박힌 숱 많은 눈썹 아래로 해리를 더 유심히 바라보았다.

"너 정말 괜찮냐? 꽤 흥분한 것 같은데."

해리는 차마 어니를 비롯한 후플푸프 학생들이 자신에 대해 한 말을 그대로 전할 수 없었다.

"아무것도 아니에요." 해리가 말했다. "가 봐야겠어요, 해그리드. 다음이 변환 마법 수업이라 책을 가져와야 하거든요."

해리는 발걸음을 옮겼다. 어니가 한 말이 여전히 그의 머릿속을 가득 채우고 있었다.

'포터한테 자기가 머글 태생이라는 말을 흘렸으니 이런 일이 생기는 것은 시간문제였지…….'

해리는 계단을 쿵쿵 올라가 또 다른 복도로 방향을 틀었다. 복도는 유난히 어두웠다. 헐거운 창문 틈새로 불어닥친 얼음장 같은 바람에 횃불들이 꺼져 있었다. 복도를 반쯤 걸어갔을 때 해리는 바닥에 누워 있는 뭔가에 걸려 곤두박질쳤다.

무엇에 걸려 넘어졌는지 보려고 눈을 가늘게 뜬 채 고개를 돌린 순간, 해리는 가슴이 철렁 내려앉는 것을 느꼈다.

저스틴 핀치플레츨리가 뻣뻣하고 싸늘하게 식은 채 바닥에 누워 크게 놀란 얼굴 그대로 멍하니 천장을 바라보고 있었다. 그게 다가 아니었다. 그 옆에는 해리가 여태껏 한 번도 본 적 없는 또 다른 이상한 형상이 있었다.

그것은 목이 달랑달랑한 닉이었다. 그는 더 이상 진주처럼 하얗지도 투명하지도 않았고 검게 변해서 연기를 뿜으며, 바닥 15센티미터 높이에 꼼짝 않고 가로누운 채 둥둥 떠 있었다. 머리는 반쯤 떨어져 있고, 저스틴과 마찬가지로 충격받은 표정을 짓고 있었다.

해리는 바닥에서 일어났다. 숨이 가빴고 심장이 두방망이질했다. 해리는 아무도 없는 복도 이쪽저쪽을 미친 듯이 살펴보다가, 거미들이 줄을 지은 채 저스틴과 닉에게서 허둥지둥 달아나는 광경을 보았다. 양쪽 교실에서 교수들의 목소리만 희미하게 들려왔다.

해리는 달아날 수도 있었다. 그가 거기에 있었다는 걸 아무도 모를 것이다. 하지만 해리는 그들을 그냥 두고 갈 수 없었다. 도움을 청해야 했다. 그가 이 일과 아무 관련이 없다는 것을 믿어 줄 사람이 있을까?

해리가 어찌할 줄 모르고 그 자리에 서 있는데, 바로 옆의 문이 쾅 소리를 내며 열리더니 폴터가이스트 피브스가 튀어나왔다.

"와, 이거 에라이 또라이 포터잖아!" 피브스가 낄낄거리며 해리 옆을 지나가다가 그의 안경을 쳐서 비뚤어뜨렸다. "포터가 무슨 꿍꿍이일까? 왜 숨어서……."

피브스가 공중제비를 돌다가 멈췄다. 그는 거꾸로 둥둥 뜬 채 저스틴과 목이 달랑달랑한 닉을 발견했다. 피브스는 휙 하고 몸을 똑바로 하더니 숨을 크게 들이마시고 해리가 미처 말리기도 전에 소리를 질렀다. **"습격이다! 습격! 또 습격이다! 인간도 유령도 안전하지 않아! 목숨 걸고 도망쳐라! 습격이다아아아!"**

쾅, 쾅, 쾅. 복도를 따라 연달아 문이 열리고 사람들이 쏟아져 나왔다. 아수라장이 몇 분씩이나 이어지면서 저스틴이 짓밟힐 위험에 처하기도 했다. 목이 달랑달랑한 닉을 관통한 채 서 있는 사람들도 있었다. 교수들이 조용히 하라고 소리칠 때쯤 해리는 어느새 벽에 바짝 붙어 있었다. 맥고나걸 교수가 달려오고 그녀의 수업을 듣던 학생들이 뒤따라왔는데, 그중 한 아이한테는 여전히 검고 하얀 줄무늬 털이 남아 있었다. 맥고나걸 교수가 지팡이를 휘둘러 쾅 하고 큰 소리를 내자 다시 침묵이 내려앉았다. 그녀는 모두를 교실로 돌려보냈다. 주위가 어느 정도 정리되기가 무섭게 후플푸프의 어니가 헐떡이며 현장에 도착했다.

"딱 걸렸어!" 어니가 얼굴이 하얗게 질린 채 과장된 손짓으로 해리를 가리키며 소리쳤다.

"그만해라, 맥밀런!" 맥고나걸 교수가 날카롭게 말했다.

피브스는 이제 사악한 미소를 띠고 사람들 머리 위에서 오르락내리락하며 현장을 내려다보고 있었다. 피브스는 언제나 혼란을 사랑했다. 교수들이 저스틴과 목이 달랑달랑한 닉을 살펴보려고 몸을 구부리자 피브스가 노래를 부르기 시작했다.

"오 포터, 이 폭도야, 대체 무슨 짓을 한 거니?
학생들을 죽이고 다니다니, 이런 게 재미있니."

"그만해, 피브스!" 맥고나걸 교수가 큰 소리로 꾸짖자 피브스는 해리에게 혀를 내밀고 뒤로 쌩 날아가 버렸다.

저스틴은 플리트윅 교수와 천문학 담당인 시니스트라 교수에 의해 병동으로 옮겨졌지만, 목이 달랑달랑한 닉을 어떻게 해야 할지 아는 사람은 아무도 없는 것 같았다. 결국 맥고나걸 교수가 허공에 커다란 부채를 만들어 내더니 어니에게 주면서 부채를 살살 부쳐 목이 달랑달랑한 닉을 계단 위로 올려 보내라고 말했다. 어니는 시키는 대로, 소리 없는 검은색 공기부양선이라도 되는 양 닉을 부채로 부치면서 천천히 이동했다. 그렇게 해리와 맥고나걸 교수만 남게 되었다.

"따라와라, 포터." 그녀가 말했다.

"교수님." 해리가 다급히 입을 열었다. "맹세코 제가 한 일이……."

"이건 내 손을 벗어난 일이다, 포터." 맥고나걸 교수가 무뚝뚝하게 말했다.

그들은 말없이 모퉁이를 돌았다. 맥고나걸 교수는 크고 굉장히 못생긴 가고일 석상 앞에서 발걸음을 멈췄다.

"셔벗 레몬!" 그녀가 말했다. 그것이 암호인 게 틀림없었다. 가고일이 갑자기 살아 움직이는가 싶더니 뒤쪽의 벽이 둘로 갈라지자 옆으로 폴짝 뛰어 비켜선 것이다. 해리는 앞으로 무슨 일이 닥칠지 잔뜩 두려워하면서도 놀라지 않을 수 없었다. 벽 뒤에는 에스컬레이터처럼 부드럽게 위로 움직이는 나선형 계단이 있었다. 해리와 맥고나걸 교수가 계단에 발을 올리자 뒤에서 벽이 턱 닫히는 소리가 들렸다. 그들은 빙빙 돌며 높이높이 올라갔다. 그리고 마침내 약간 현기증을 느낄 때쯤, 해리는 앞에서 그리폰 모양의 놋쇠 고리가 달린 오크나무 문이 희미하게 빛나는 것을 보았다.

해리는 맥고나걸 교수가 그를 어디로 데려왔는지 깨달았다. 여기는 덤블도어의 거처가 틀림없었다.

12장
폴리주스 마법약

　그들은 꼭대기에 다다라 돌계단에서 내려섰다. 맥고나걸 교수가 문을 두드렸다. 문이 조용히 열리자 두 사람은 안으로 들어갔다. 맥고나걸 교수는 해리에게 기다리라고 말하더니 그를 혼자 두고 어디론가 가 버렸다.

　해리는 주위를 둘러보았다. 덤블도어의 연구실이 이번 학기에 해리가 가 본 어떤 교수의 연구실보다도 흥미로운 건 분명한 사실이었다. 학교에서 당장 쫓겨날지도 모른다는 생각에 두렵지만 않았다면, 그곳을 둘러보게 된 것만으로도 무척 기뻤을 것이다.

　크고 아름다운 둥근 그 방은 작고 기묘한 소리로 가득 차 있었다. 기이한 모양의 은제 기구 여러 개가 가느다란 다리가 달린 탁자 위에서 빙빙 돌면서 이따금씩 작은 연기 뭉치를 뿜어내기도 했다. 벽에는 역대 교장들의 초상화가 가득 걸려 있었는데, 그들은 하나같이 액자 속에서 꾸벅꾸벅 졸고 있었다. 다리에 발톱이 달린 커다란 책상 뒤 선반에는 초라하고 낡아 빠진 마법사 모자가 있었다. *기숙사 배정 모자였다.*

해리는 망설였다. 그는 조심스러운 눈길로 벽에 걸린 잠든 마법사들을 바라보았다. 모자를 꺼내 다시 한 번 써 본다고 문제 될 건 없겠지? 그저…… 모자가 그를 맞는 기숙사에 넣었는지 확인하려는 것뿐이었다.

해리는 가만히 책상을 돌아가 선반에서 모자를 내리고 천천히 머리에 썼다. 모자가 너무 커서, 지난번 썼을 때와 마찬가지로 눈 언저리까지 내려왔다. 해리는 모자 안쪽의 어둠을 뚫어지게 응시하면서 기다렸다. 그때 어떤 작은 목소리가 그의 귀에 속삭였다. "무슨 고민을 그렇게 덮어쓰고 있니, 해리 포터?"

"어, 응." 해리가 중얼거렸다. "어…… 귀찮게 해서 미안한데, 물어보고 싶은 게 있어서……."

"내가 너를 맞는 기숙사에 넣은 건지 궁금해하고 있구나." 모자가 눈치 빠르게 말했다. "그래…… 너를 배정하기는 유난히 힘들었지. 하지만 그때 말한 그대로야." 해리의 가슴이 두근거리기 시작했다. "넌 정말 슬리데린에서도 잘했을 거야."

해리는 가슴이 철렁 내려앉는 것을 느꼈다. 그는 모자 끝을 잡고 머리에서 휙 벗겨 냈다. 모자는 지저분하고 빛바랜 모습으로 손에 축 늘어졌다. 해리는 토할 것 같은 기분으로 모자를 다시 선반에 올려놓았다.

"네가 틀렸어." 해리가 가만히 침묵을 지키는 모자에 대고 큰 소리로 말했다. 모자는 미동도 하지 않았다. 해리는 모자에 시선을 둔 채 천천히 뒤로 물러났다. 그때 뒤에서 웩, 하는 이상한 소리가 들려와 그는 몸을 돌렸다.

해리는 이 방에 혼자 있는 게 아니었다. 문 뒤 황금 횃대에 털이 반쯤 뽑힌 칠면조처럼 생긴, 나이가 꽤 많아 보이는 새가 앉아 있었다. 해리가 쳐다보자 새는 불길하게 그를 마주 보며 다시 한 번 웩 하는 소리를 냈다. 해리는 새가 많이 아파 보인다고 생각했다. 두 눈은 흐렸고 해리가 지켜보는 사이에도 꼬리 깃 두어 개가 더 빠졌다.

해리는 덤블도어의 새가 자기랑 단둘이 이 연구실에 있다가 죽기만 하면 딱이겠다고 생각했다. 그때 갑자기 새가 불꽃을 일으키며 타오르기 시작했다.

해리는 너무 놀란 나머지 소리를 지르며 책상 쪽으로 물러났다. 혹시 물이 담긴 컵이라도 있는지 주위를 둘러봤지만 찾을 수 없었다. 그러는 사이 새는 불덩어리가 되었다. 새가 한 차례 크게 소리를 높이더니, 다음 순간에는 바닥에 연기 나는 잿더미만 남았다.

연구실 문이 열렸다. 덤블도어가 매우 침울한 얼굴로 들어왔다.

"교수님." 해리가 헐떡거리며 말했다. "교수님의 새가…… 저는 아무것도 할 수 없었어요. 그냥 불이 붙어서……."

놀랍게도 덤블도어는 미소를 머금었다.

"그럴 때가 됐지." 덤블도어가 말했다. "며칠 동안 끔찍한 몰골을 하고 있기에 이제 앞으로 나아가야 한다고 말해 주고 있었단다."

그는 해리의 얼굴에 떠오른 어리둥절한 표정을 보고 빙긋 웃었다.

"폭스는 불사조란다, 해리. 불사조들은 죽을 때가 되면 불에 확 타올랐다가 잿더미 속에서 다시 태어나지. 한번 지켜보거라……."

해리는 때마침 시선을 내려 갓 태어난 작고 쭈글쭈글한

새가 잿더미에서 머리를 내미는 모습을 보았다. 늙은 새만큼이나 못생긴 새였다.

"'타오르는 날'에 녀석을 보다니 유감이구나." 덤블도어가 책상 뒤에 자리를 잡고 앉으며 말했다. "사실 굉장히 잘생긴 녀석이거든. 멋들어진 빨간색과 황금색 깃털을 가졌지. 불사조는 매혹적인 생명체란다. 엄청나게 무거운 짐도 나를 수 있고 눈물에는 치유의 힘이 깃들어 있는 대단히 충실한 반려동물이지."

해리는 폭스가 불타는 것을 본 충격 탓에 그곳에 온 이유를 잠시 잊었지만, 덤블도어가 책상 뒤 높은 등받이 의자에 앉아 꿰뚫는 듯한 하늘색 눈으로 빤히 바라보자 모든 게 다시 떠올랐다.

하지만 덤블도어가 무슨 말을 꺼내기도 전에 연구실 문이 큰 소리를 내며 벌컥 열리더니 해그리드가 뛰어 들어왔다. 그의 두 눈은 흥분되어 있었고, 덥수룩한 검은색 머리카락 위에는 털모자가 얹혀 있었으며, 한 손에는 여전히 죽은 수탉이 달랑거리고 있었다.

"해리가 한 짓이 아닙니다, 덤블도어 교수님!" 해그리드가 다급히 소리쳤다. "해리는 그 아이가 발견되기 직전에 저랑 이야기하고 있었어요. 해리한테는 그럴 시간이 없었습니다, 교수님……."

덤블도어가 무언가 말하려고 했지만 해그리드는 계속 부르짖었다. 그가 흥분해서 수탉을 마구 흔드는 바람에 사방에 닭 털이 날렸다.

"……해리가 그랬을 리 없어요. 필요하다면 제가 마법 정부에 가서 증언하겠습니다……."

"해그리드, 난……."

"……엉뚱한 아이를 붙잡으신 거예요, 교수님. 제가 알기로 해리는 절대……."

"*해그리드!*" 덤블도어가 큰 소리로 그의 말을 막았다. "*나는 해리가 그 사람들을 공격했다고 생각하는 게 아니네.*"

"아." 해그리드가 수탉을 옆으로 축 늘어뜨리며 말했다. "그렇군요. 그럼, 밖에서 기다리겠습니다, 교장 선생님."

그러더니 해그리드는 창피한 듯 연구실 밖으로 뛰어나갔다.

"제가 그랬다고 생각하지 않으신다고요, 교수님?" 덤블도어가 책상에서 닭 털을 털어 내는 동안 해리가 기대감에 차서 물었다.

"그래, 해리. 그렇게 생각하지 않는다." 그렇게 말하면서도 덤블도어의 얼굴은 다시 침울해져 있었다. "그래도 너와 이야기 나누고 싶구나."

 덤블도어가 긴 손가락 끝을 한데 모으고 유심히 바라보는 동안 해리는 초조하게 기다렸다.

 "나한테 뭔가 할 말은 없니, 해리?" 그가 부드러운 목소리로 말했다. "어떤 얘기라도 말이다."

 해리는 무슨 말을 해야 할지 알 수 없었다. 말포이가 "다음은 너희 차례다, 머드블러드들아!"라고 소리쳤던 일과 울보 머틀의 화장실에서 부글부글 끓고 있는 폴리주스 마법약이 떠올랐다. 그다음에는 두 차례 들었던 형체 없는 목소리와 론이 한 말이 생각났다. '아무도 못 듣는 목소리를 듣는 건 좋은 징조가 아냐, 마법사 세계에서도.' 모두가 그에 관해 떠들어 대는 이야기도, 그 자신이 살라자르 슬리데린과 어떤 식으로든 연관되어 있을지 모른다는 불안감이 점점 커지고 있다는 사실도 떠올랐지만⋯⋯

 "아뇨." 해리가 말했다. "드릴 얘기 없는데요, 교수님."

 저스틴과 목이 달랑달랑한 닉이 동시에 공격받은 일은 지금까지의 불안을 진정한 공포로 바꾸어 놓기에 충분했다. 묘하게도, 사람들은 무엇보다 목이 달랑달랑한 닉이 그렇게 된 것 때문에 더 걱정하는 것 같았다. 사람들은 도대체 어떤 존재가 유령한테 그런 짓을 할 수 있는지를 서로에게 물었다. 대체 어떤 끔찍한 힘이 이미 죽은 사람을 해칠 수 있단 말인가? 학생들 대다수가 크리스마스 연휴를 집에서 보내려고 앞다퉈 호그와트 급행열차 표를 예매했다.

"이대로 가다간 우리만 남겠는데." 론이 해리와 헤르미온느에게 말했다. "우리랑 말포이, 크래브, 고일. 얼마나 즐거운 연휴가 되려는지."

항상 말포이가 하는 대로 따라 하는 크래브와 고일도 연휴 동안 학교에 남겠다고 이름을 올렸다. 해리는 학생들 대부분이 떠나는 것이 오히려 반가웠다. 사람들이 해리 입에서 불쑥 송곳니가 돋거나 독이 쏘아져 나오기라도 할 것처럼 복도에서 그를 피하는 것도 지긋지긋했고, 지나갈 때마다 수군거리고 손가락질하며 숨죽여 말하는 소리에도 진저리가 났다.

하지만 프레드와 조지는 이 모든 걸 아주 재미있어했다. 그들은 굳이 해리 앞에서 복도를 행진하며 이렇게 소리쳤다. "극악무도한 마법사 슬리데린의 후계자님 나가신다, 길을 비켜라……."

퍼시는 이런 행동을 몹시 탐탁잖게 여겼다.

"웃을 일이 *아니야.*" 그가 차갑게 말했다.

"아, 비켜, 퍼시." 프레드가 말했다. "해리는 바쁘단 말이야."

"맞아, 지금 송곳니가 난 하인이랑 차 한잔 마시려고 사방을 물어뜯으면서 비밀의 방으로 가는 중이야." 조지가 깔깔거리며 말했다.

지니도 이런 걸 재미있어하지 않았다.

"아, *하지 마*." 지니는 프레드가 해리에게 큰 소리로 다음엔 누구를 공격할 계획이냐고 물을 때라든가, 해리와 마주친 조지가 커다란 마늘 한 쪽으로 그를 쫓으려 할 때마다 울부짖었다.

해리는 기분 나쁘지 않았다. 적어도 프레드와 조지는 해리가 슬리데린의 후계자라는 발상 자체를 무척 터무니없게 여긴다는 뜻이었기에 오히려 기분이 나아졌다. 하지만 드레이코 말포이는 프레드와 조지의 익살에 부아가 치미는 모양인지, 그들이 그런 장난을 치는 광경을 볼 때마다 갈수록 표정이 일그러졌다.

"그 후계자가 사실은 자기라는 걸 말하고 싶어서 *미치겠*는 거지." 론이 뻔하지 않느냐는 듯 말했다. "걔는 누가 자기보다 잘난 걸 끔찍하게 싫어하잖아. 그런데 더러운 일은 자기가 다 하고, 인정은 네가 받고 있으니."

"얼마 안 남았어." 헤르미온느가 흡족한 듯 말했다. "폴리주스 마법약이 거의 완성됐어. 언제라도 걔한테서 진실을 알아낼 수 있을 거야."

마침내 학기가 끝났다. 성에는 땅에 쌓인 눈만큼이나 깊은 침묵이 내려앉았다. 해리는 그것이 우울하게 느껴지기보다는 평화로웠고, 헤르미온느, 위즐리 형제와 함께 그리핀도르 탑을 마음껏 돌아다닐 수 있어서 즐거웠다. 그 말은, 누구에게도 피해를 주지 않고 시끄럽게 폭발하는 카드 게임을 할 수 있고 몰래 결투 연습도 할 수 있다는 뜻이었다. 프레드와 조지, 지니는 위즐리 부부와 함께 이집트에 있는 빌을 만나러 가는 대신 학교에 머물기로 했다. 그들이 하는 짓이 유치하다며 탐탁잖아하는 퍼시는 그리핀도르 휴게실에서 시간을 보내는 일이 거의 없었다. 그는 자기가 크리스마스 연휴에 학교에 남는 건 단지 이토록 힘든 시기에 교수님들을 돕는 것이 반장의 의무이기 때문이라고 이미 잘난 척을 한 뒤였다.

크리스마스 아침이 차갑고 하얗게 밝아 왔다. 기숙사 침실에 단둘이 남아 있던 해리와 론은, 옷을 완전히 갖춰 입고 두 사람에게 줄 선물을 들고 뛰어 들어온 헤르미온느 덕분에 매우 일찍 잠에서 깨고 말았다.

"일어나." 헤르미온느가 큰 소리로 말하며 창문 커튼을 열어젖혔다.

"헤르미온느…… 넌 여기 들어오면 안 돼." 론이 햇빛에 눈을 가리며 말했다.

"그래, 너도 메리 크리스마스." 헤르미온느가 말하며 론에게 선물을 던졌다. "나는 마법약에 풀잠자리를 더 넣느라 한 시간쯤 전에 일어났어. 약이 준비됐어."

그 말에 갑자기 정신이 번쩍 든 해리가 몸을 일으켜 앉았다.

"정말?"

"그래." 헤르미온느가 론이 키우는 쥐 스캐버스를 치우고 해리의 침대 끝에 앉으며 말했다. "할 거면 오늘 밤에 해야 해."

그 순간 헤드위그가 부리에 조그만 소포를 물고 방 안으로 날아들었다.

"안녕." 헤드위그가 자기 침대에 내려앉자 해리가 기분 좋은 듯 말했다. "이제 다시 나랑 얘기하는 거야?"

헤드위그가 애정의 표시로 해리의 귀를 살짝 깨물었다. 해리한테는 헤드위그가 가져온 물건보다 그것이 훨씬 좋은 선물이었다. 소포는 더즐리 부부가 보낸 선물이었는데, 이쑤시개와 함께 여름방학에도 호그와트에 머물 방법을 찾아보라는 내용의 편지가 들어 있었다.

나머지 크리스마스 선물들은 훨씬 만족스러웠다. 해그리드는 커다란 깡통에 담긴 당밀 퍼지를 보내 주었는데, 먹기 전에 먼저 불에 녹여야겠다는 생각이 들었다. 론은 자기가 가장 좋아하는 퀴디치 팀에 관한 흥미로운 사실들이 담긴 《캐넌스와의 비행》이라는 책을 주었다. 헤르미온느는 화려한 독수리 깃펜을 사 주었다. 마지막 선물을 열자 위즐리 부인이 보낸 직접 짠 새 스웨터와 커다란 자두 케이크가 나왔다. 해리는 후려치는 버드나무와 충돌한 이래 사라져 버린 위즐리 씨의 자동차와 그와 론이 앞으로 위반할 교칙 한 무더기를 떠올리고 새삼 죄책감이 솟구치는 것을 느끼며 위즐리 부인의 카드를 꺼냈다.

누구도, 곧 폴리주스 마법약을 마실 생각에 두려워하고 있는 사람조차도, 호그와트의 크리스마스 연회를 즐기지 않을 수 없었다.

대연회장은 참으로 아름다웠다. 서리로 뒤덮인 열 그루가 넘는 크리스마스트리와 천장을 열십자로 가로지르고 있는 호랑가시나무며 겨우살이 장식은 말할 것도 없고, 천장에서 내리는 따뜻하고 보송보송한 마법의 눈도 그랬다. 사람들은 덤블도어의 주도로 그가 가장 좋아하는 캐럴 몇 곡을 따라 불렀고, 해그리드는 에그노그(알코올성 음료에 달걀과 설탕, 우유를 섞은 술—옮긴이)를 한 잔씩 더 마실 때마다 더욱 큰 소리로 노래를 불렀다. 퍼시는 프레드가 마법으로 배지의 '반장'을 '바보'로 바꿔 놓은 것을 알아채지 못한 채 모두에게 계속 뭘 보고 낄낄거리느냐고 물었다. 슬리데린 식탁에서 드레이코 말포이가 해리의 새 스웨터를 큰 소리로 헐뜯었지만 그것조차 신경 쓰이지 않았다. 운만 조금 따라 준다면 말포이는 몇 시간 내로 마땅한 벌을 받게 될 테니까.

해리와 론이 각자 세 개째의 크리스마스 푸딩을 다 먹기 무섭게 헤르미온느가 그들을 대연회장 바깥으로 데리고 나가 그날 저녁의 계획을 마무리 지었다.

"변신할 사람의 신체 일부가 필요해." 헤르미온느가 사무적으로 말했다. 마치 슈퍼마켓에 가서 세제를 사 오라는 투였다. "그리고 당연한 얘기지만 크래브와 고일의 신체 일부를 가져오는 게 가장 좋을 거야. 걔들은 말포이의 가장 친한 친구고, 말포이는 걔들한테 뭐든지 말할 테니까.

57

또 우리가 말포이를 취조하는 동안 진짜 크래브하고 고일이 불쑥 나타나는 일이 없도록 확실히 해 둘 필요가 있어. 내가 다 생각해 놨어." 헤르미온느는 해리와 론의 멍한 표정을 무시하고 아무렇지도 않게 말을 이었다. 그녀가 두툼한 초콜릿 케이크 두 개를 들어 보였다. "여기에 간단한 수면 물약을 넣어 놨거든. 너희는 크래브하고 고일이 이걸 발견하도록 만들면 돼. 너희도 걔들이 얼마나 식탐이 많은지 알지? 반드시 먹을 거야. 그 두 사람이 잠들면 머리카락 몇 가닥만 뽑고 걔들은 빗자루를 보관하는 벽장에다 숨겨."

해리와 론은 믿을 수 없다는 듯 서로 시선을 주고받았다.

"헤르미온느, 그건 좀⋯⋯."

"일이 심각해질 수도⋯⋯."

하지만 헤르미온느의 눈에는 맥고나걸 교수가 가끔 그러듯 강철 같은 빛이 감돌고 있었다.

"크래브와 고일의 머리카락이 없으면 마법약은 아무 쓸모가 없어." 그녀가 고집스럽게 말했다. "너희는 말포이를 조사하고 싶지 않아?"

"어휴, 알았어, 알았어." 해리가 말했다. "근데 넌? 너는 누구 머리카락을 뽑을 건데?"

"내 건 이미 가지고 있어!" 헤르미온느가 쾌활하게 말하며 주머니에서 작은 병을 하나 꺼내 그 안에 들어 있는 머리카락 한 가닥을 보여 주었다. "내가 결투 동아리에서 밀리선트 벌스트로드랑 몸싸움했던 것 기억나? 걔가 내 목을 조를 때 이게 내 로브에 묻었어! 그리고 걔는 크리스마스 연휴 동안 집에 가 있지. 슬리데린 애들을 만나면 그냥 학교에 돌아오기로 했다고 말하면 돼."

헤르미온느가 부산을 떨며 폴리주스 마법약을 다시 한 번 확인하러 가자 론이 불길함 가득한 표정으로 해리를 돌아보았다.

"잘못될 가능성이 이렇게 많은 계획, 들어 본 적 있어?"

하지만 해리와 론에게는 굉장히 놀랍게도, 작전 1단계는 헤르미온느가 말한 그대로 순조롭게 진행되었다. 그들은 크리스마스 차를 마신 뒤 텅 빈 현관홀을 어슬렁거리며, 슬리데린 식탁에 단둘이 남아 트라이플을 네 접시째 먹어 치우고 있는 크래브와 고일을 기다렸다. 해리는 계단 난간 끝에 초콜릿 케이크를 얹어 두었다. 해리와 론은 크래브와 고일이 대연회장에서 나오는 것을 보고 재빨리 정문 현관 옆에 있는 갑옷 뒤에 숨었다.

"너희는 대체 얼마나 멍청해질 수 있는 거냐?" 크래브가 아주 좋아하면서 고일에게 케이크를 가리켜 보인 뒤 집어들자 론이 환희하다시피 하며 속삭였다. 크래브와 고일은 멍청하게 씩 웃으며 케이크를 큰 입에 한꺼번에 욱여넣었다. 그들은 잠깐 동안 득의양양한 표정으로 게걸스럽게 케이크를 먹어 대더니 조금의 표정 변화도 없이 바닥에 벌러덩 쓰러졌다.

가장 어려운 일은 그들을 현관홀 맞은편 벽장에 숨기는 것이었다. 일단 그들을 양동이와 대걸레 사이에 안전하게 집어넣은 다음, 해리는 고일의 이마에 흘러내린 짧고 뻣뻣한 머리카락 한두 가닥을 뽑고 론은 크래브의 머리카락을 몇 가닥 뽑았다. 크래브와 고일의 발에 비해 둘이 신고 있는 신발이 너무 작았기 때문에 신발도 가져갔다. 잠시 후, 두 사람은 방금 자신들이 해낸 일에 어안이 벙벙해진 채 울보 머틀의 화장실을 향해 전속력으로 달려갔다.

헤르미온느가 들어가 솥을 젓고 있는 화장실 칸에서 짙은 검은색 연기가 뿜어져 나와 앞이 보이지 않을 지경이었다. 해리와 론은 로브를 끌어당겨 코와 입을 막고 살며시 문을 두드렸다.

"헤르미온느?"

잠금장치가 끽끽거리는 소리가 나더니 땀으로 번들거리

는 얼굴에 불안한 표정을 띤 헤르미온느가 나타났다. 헤르미온느 뒤에서 당밀처럼 걸쭉한 마법약이 '부글부글' 끓는 소리가 들렸다. 손잡이 없는 컵 세 개가 변기 뚜껑 위에 준비되어 있었다.

"구했어?" 헤르미온느가 숨죽여 물었다.

해리가 고일의 머리카락을 보여 주었다.

"좋아. 그리고 내가 세탁실에서 몰래 여벌 로브를 가져왔거든." 헤르미온느가 작은 자루를 들어 올리며 말했다. "크래브와 고일이 되면 더 큰 옷이 필요할 테니까."

세 사람은 솥을 들여다보았다. 가까이에서 보니 마법약은 느럭느럭 부글거리는 어두운 색깔의 걸쭉한 진흙 같았다.

"난 모든 재료가 제대로 들어갔다고 확신해." 헤르미온느가 긴장한 채 《최강의 마법약》을 펼쳐 얼룩이 져 있는 페이지를 다시 읽으며 말했다. "책에도 이런 모양이 되어야 한다고 나와 있어. ……일단 약을 마시면 정확히 한 시간 뒤에 본모습으로 돌아올 거야."

"이제 뭘 하면 돼?" 론이 속삭였다.

"약을 잔 세 개에 나눠 담은 다음 머리카락을 넣어야지."

헤르미온느는 유리잔 하나하나에 마법약을 듬뿍 퍼 담았다. 그런 다음, 떨리는 손으로 병에서 밀리선트 벌스트로드의 머리카락을 꺼내 첫 번째 유리잔에 넣었다.

마법약이 끓는 주전자처럼 요란하게 쉭쉭거리더니 마구 거품을 일으켰다. 잠시 뒤 그것은 역겨운 노란색 비슷한 색깔로 변했다.

"으웩. 밀리선트 벌스트로드 진액이네." 론이 혐오감 어린 눈으로 그것을 보며 말했다. "맛도 역겨울 게 뻔해."

"이제 너희 것도 넣어." 헤르미온느가 말했다.

해리가 고일의 머리카락을 가운데 잔에 떨어뜨리자 론은 남은 잔에 크래브의 머리카락을 넣었다. 두 유리잔 모두 쉭쉭거리며 거품을 일으켰다. 고일의 것은 코딱지 같은 카키색으로 변했고 크래브 것은 어둡고 칙칙한 갈색이 되었다.

"잠깐만." 론과 헤르미온느가 유리잔으로 손을 뻗자 해리가 말했다. "셋 다 여기에서 마시면 안 될 것 같아. 우리가 크래브와 고일로 변하면 너무 좁을 거야. 밀리선트 벌스트로드도 픽시는 아니고."

"좋은 생각이네." 론이 잠금장치를 풀며 말했다. "각자 다른 칸에 들어가자."

해리는 폴리주스 마법약을 한 방울도 흘리지 않으려고 조심하면서 가운데 칸으로 들어갔다.

"준비됐어?" 해리가 소리쳤다.

"응." 론과 헤르미온느의 목소리가 들렸다.

"하나…… 둘…… 셋……."

해리는 코를 잡은 채 두 번 크게 꿀꺽꿀꺽 마법약을 삼켰다. 너무 오래 삶은 양배추 맛이 났다.

다음 순간, 마치 살아 있는 뱀을 막 삼키기라도 한 듯 속이 뒤틀리기 시작했다. 해리는 허리를 구부린 채 토할지도 모르겠다고 생각했다. 곧이어 화끈거리는 감각이 뱃속에서부터 손가락과 발가락 끝까지 빠르게 번졌다. 다음 순간 해리는 네 발로 기면서 헐떡거렸다. 온몸의 피부가 뜨거운 밀랍처럼 끓다가 녹아내리는 끔찍한 느낌이 그를 덮쳤다. 눈앞에서 손이 커지고, 손가락이 굵어지고, 손톱이 넓어지고, 손마디가 나사못처럼 튀어나오기 시작했다. 어깨가 아프도록 쫙 펴졌고, 이마의 깔끄러운 느낌으로 머리카락이 눈썹 위까지 내려왔다는 것을 알 수 있었다. 나무통이 부풀어 올라 그 둘레를 감아 놓은 금속 테를 터뜨리듯, 가슴이 부풀어 오르더니 로브가 찢어졌다. 네 치수나 작은 신발 때문에 발이 아프기 시작했다…….

모든 것은 시작했을 때처럼 갑작스럽게 멈췄다. 해리는 차가운 돌바닥에 엎드려, 머틀이 맨 끝의 칸 변기 위에서 우울하게 꾸르륵거리는 소리를 들었다. 그는 힘겹게 신발을 벗어 던지고 바닥에서 일어났다. 그러니까 이런 기분이구나, 고일이 되는 건. 그는 큼직한 손을 떨면서 발목 30센티미터 위에서 달랑거리는 로브를 벗고 여벌 로브를 입은 다음 고일의 나룻배 같은 신발 끈을 묶었다. 시야를 희미하게 가린 머리카락을 쓸어 올리려고 손을 들었지만, 이마에서는 짧고 **빳빳**한 털만 만져졌다. 그제야 해리는 시야가 뿌연 게 안경 때문이었음을 깨달았다. 고일한테는 안경이 필요 없는 것이 분명했다. 해리는 안경을 벗고 소리쳤다. "너희 둘 다 괜찮아?" 그의 입에서 톤이 낮고 귀에 거슬리는 고일의 목소리가 튀어나왔다.

"응." 오른쪽에서 크래브가 나직이 툴툴거리는 소리가 들렸다.

해리는 문을 열고 깨진 거울 앞으로 걸어갔다. 고일이 멍청하고 움푹 꺼진 눈으로 그를 마주 보았다. 해리가 귀를 긁었다. 고일도 그렇게 했다.

론이 들어간 칸막이 문이 열렸다. 그들은 서로를 뚫어지게 바라보았다. 하얗게 질리고 충격받은 표정만 **빼면**, 론은 바가지 머리부터 고릴라처럼 긴 팔까지 크래브와 전혀 구분되지 않았다.

"이거 믿어지지가 않네." 론이 거울로 다가가 크래브의 납작한 코를 눌러 보며 말했다. "믿을 수가 없어."

"가야 돼." 해리가 고일의 두꺼운 손목을 조이던 손목시계를 느슨하게 풀면서 말했다. "슬리데린 휴게실이 어딘지 알아내야 하니까. 따라갈 만한 사람이 있으면 좋겠는데……."

해리를 뚫어지게 바라보던 론이 말했다. "고일이 *생각이라는 걸 하는* 모습을 보는 게 얼마나 이상한지 넌 모를 거야." 그가 헤르미온느가 있는 칸의 문을 두드렸다. "빨리 나와, 가야 돼……."

높은 음의 목소리가 대답했다. "나, 난 어차피 못 가. 나 빼고 너희끼리 가."

"헤르미온느, 밀리선트 벌스트로드가 못생겼다는 건 우리도 다 알아. 그게 너라는 건 아무도 모를 거야."

"아니, 정말로…… 못 갈 것 같아. 너희야말로 서둘러. 시간이 가고 있잖아."

해리는 어리둥절해서 론을 바라보았다.

"그게 더 고일 같다." 론이 말했다. "교수님이 질문할 때마다 딱 그런 표정이잖아."

"헤르미온느, 괜찮아?" 해리가 문에 대고 물었다.

"괜찮아, 난 괜찮아……. 어서 가."

해리는 손목시계를 보았다. 귀중한 60분 중 벌써 5분이 지났다.

"여기서 다시 만나자. 알았지?" 그가 말했다.

해리와 론은 조심스럽게 화장실 문을 열고 아무도 없는 걸 확인한 다음 출발했다.

"팔 그렇게 휘두르지 마." 해리가 론에게 작은 소리로 뭐라고 했다.

"응?"

"크래브는 뭐랄까, 팔을 뻣뻣하게 하고 다니잖아……."

"이렇게?"

"그래, 훨씬 낫다."

그들은 대리석 계단을 내려갔다. 휴게실까지 쫓아갈 슬리데린 학생만 있으면 되는데 주위에는 아무도 없었다.

"좋은 방법 있어?" 해리가 중얼거렸다.

"슬리데린 애들은 항상 저쪽에서 아침을 먹으러 오던데." 론이 지하 감옥 입구 쪽을 고갯짓하며 말했다. 론이 그 말을 하기 무섭게 긴 곱슬머리 여학생이 지하 감옥 입구에서 나타났다.

"저기." 론이 허둥지둥 그녀 쪽으로 다가가 말을 걸었다. "우리 휴게실로 가는 길을 까먹어서 그러는데."

"뭐라고?" 여학생이 딱딱하게 말했다. "우리 휴게실? 나는 래번클로야."

그녀는 수상하다는 듯 그들을 돌아보면서 가 버렸다.

해리와 론은 다급히 돌계단을 내려가 어둠 속으로 들어갔다. 크래브와 고일의 커다란 발이 바닥을 디딜 때마다 유난히 시끄러운 소리가 울려 퍼졌다. 기대만큼 일이 쉽게 풀리진 않을 것 같았다.

미로 같은 통로는 텅 비어 있었다. 그들은 학교 밑으로 점점 더 깊숙이 들어가면서 끊임없이 손목시계를 들여다보며 시간이 얼마 남았는지 확인했다. 15분 뒤, 막 자포자기하는 마음이 들 때쯤 갑자기 앞에서 뭔가 움직이는 소리가 들렸다.

"하!" 론이 흥분해서 소리쳤다. "이제야 한 명 찾았네!"

옆에 있는 방에서 사람의 형체가 나오고 있었다. 하지만 다급히 다가간 순간 그들은 가슴이 철렁 내려앉는 것을 느꼈다. 슬리데린 학생이 아니라 퍼시였던 것이다.

"여기서 뭐 해?" 론이 놀라서 물었다.

퍼시는 모욕이라도 당한 듯한 표정이었다.

"그거야" 하고, 그가 뻣뻣하게 말했다. "네가 알 바 아니지. 크래브, 맞지?"

"무슨…… 아, 응." 론이 말했다.

"자, 너희 기숙사로 돌아가." 퍼시가 완고한 말투로 말했다. "요즘 같은 때 어두운 복도를 돌아다니는 건 위험해."

"그러는 넌." 론이 지적했다.

"난" 하고, 퍼시가 가슴을 쫙 편 채 말했다. "반장이야. 그 무엇도 감히 날 공격하진 못해."

갑자기 해리와 론 뒤에서 어떤 목소리가 울렸다. 드레이코 말포이가 어슬렁거리며 걸어오고 있었다. 그가 반갑게 느껴지기는 또 처음이었다.

"여기 있었네." 말포이가 그들을 보며 거만한 어조로 느릿느릿 말했다. "여태까지 대연회장에서 처먹고 있었냐? 너희를 찾고 있었어, 진짜 우스운 걸 보여 주려고."

말포이가 깔보는 듯한 눈으로 퍼시를 힐끗 쳐다보았다.

"근데 넌 여기까지 내려와서 뭐 하냐, 위즐리?" 말포이가 비웃으며 말했다.

퍼시는 화가 난 듯했다.

"반장한테 좀 더 공손하게 구는 게 좋을 텐데!" 그가 말했다. "태도가 그게 뭐야!"

말포이는 피식 웃더니 해리와 론에게 따라오라고 손짓했다. 해리는 하마터면 퍼시에게 사과 비슷한 말을 할 뻔했지만 아슬아슬하게 참았다. 그는 론과 함께 허둥지둥 말포이를 따라갔다. 다음 통로에 접어들었을 때 말포이가 입을 열었다. "저놈의 피터 위즐리……."

"퍼시야." 론이 무심코 말포이의 말을 바로잡아 주었다.

"뭐든 간에." 말포이가 말했다. "요즘 들어 저 녀석이 살금살금 돌아다니는 걸 자주 봤어. 무슨 꿍꿍이인지는 뻔하지. 자기 혼자서 슬리데린의 후계자를 잡으려는 거야."

그는 경멸감을 섞어 짧게 웃었다. 해리와 론은 흥분한 눈길을 주고받았다.

말포이는 아무 장식 없이 쭉 뻗은 축축한 돌벽 근처에 멈춰 섰다.

"새 암호가 뭐였지?" 그가 해리에게 물었다.

"어……" 하고, 해리가 말했다.

"아 그래, 순수 혈통!" 말포이가 해리의 대답은 들을 생각도 않고 말하자, 벽 속에 숨겨져 있던 돌문이 스르르 열렸다. 해리와 론은 우쭐대며 안으로 들어가는 말포이를 뒤따라 들어갔다.

지하에 있는 슬리데린 휴게실은 사방이 거친 돌벽으로 둘러싸이고 천장이 나지막한 긴 방이었다. 천장에는 초록빛의 둥그런 등불이 쇠사슬에 매달려 있었다. 저 앞 정교한

무늬가 조각된 벽난로에서 불꽃이 타닥타닥 타오르고 있
었고, 그 주위로 세공된 의자에 앉아 있는 슬리데린 학생
몇 명의 윤곽이 보였다.

"너희는 여기서 기다려." 말포이가 난로에서 떨어진 곳
에 있는 빈 의자 두어 개를 손짓하며 해리와 론에게 말했
다. "가서 가져올게. 아버지가 방금 보내 줬어."

해리와 론은 말포이가 무엇을 보여 주려는지 궁금해하면
서 최대한 편안한 척 자리에 앉아 있었다.

잠시 후 말포이가 오려 낸 신문기사 같은 것을 들고 돌아
와 론의 코앞에 내밀었다.

"보면 웃을걸." 그가 말했다.

해리는 론의 두 눈이 충격을 받아 휘둥그레지는 모습을
보았다. 론은 오려 낸 신문 기사를 빠르게 읽고 매우 억지
스러운 웃음을 짓더니 해리에게 건네주었다.

그것은 《예언자일보》에서 잘라 낸 기사로 이런 내용이
담겨 있었다.

마법 정부의 조사

오늘, 머글 자동차에 마법을 건 혐의로 머글 제품 오용

관리과 과장인 아서 위즐리에게 50갈레온의 벌금형이 선고되었다.

마법에 걸린 문제의 자동차는 올해 초 호그와트 마법학교에서 사고를 일으켰으며, 해당 학교 이사인 루시우스 말포이 씨는 오늘 위즐리 씨의 사임을 요구했다.

"위즐리는 마법 정부의 명예를 실추시켰습니다." 말포이 씨가 본지 기자에게 말했다. "그는 법안을 만드는 데 부적합한 인물임이 명백하므로, 그가 만든 우스꽝스러운 머글 보호법은 즉각 폐기되어야 합니다."

위즐리 씨는 이에 대해 어떠한 해명도 내놓지 않았으나, 위즐리 부인은 당장 꺼지지 않으면 집에 있는 굴을 풀어놓겠다고 기자들을 위협했다.

"어때?" 해리가 신문 기사를 돌려주자 말포이가 재촉하듯 물었다. "웃기지 않냐?"

"하, 하." 해리가 음울하게 웃었다.

"아서 위즐리는 머글이 그렇게 좋으면 마법 지팡이를 반 토막 내고 가서 머글들하고 살 것이지." 말포이가 경멸하듯 말했다. "위즐리네 인간들이 순수 혈통이라는 걸 누가 믿겠어? 그 인간들 하는 짓을 좀 봐."

론의 얼굴, 아니 크래브의 얼굴이 분노로 일그러졌다.

"너 대체 왜 그래, 크래브?" 말포이가 쏘아붙이듯 물었다.

"배가 아파서." 론이 앓는 소리를 했다.

"그럼, 병동에 가서 나 대신 그 머드블러드 놈들 전부 한 번씩 걷어차 줘." 말포이가 낄낄거리며 말했다. "나 참, 이 습격 사건들이 아직 《예언자일보》에 실리지 않았다니 놀라워." 말포이는 생각에 잠긴 채 말을 이었다. "내 생각엔 덤블도어가 모든 걸 덮으려고 하는 것 같아. 이 일이 하루 빨리 멈추지 않으면 짐을 싸야 할 테니까. 아버지는 항상 이 학교에서 가장 골칫거리는 덤블도어라고 하셨어. 덤블도어는 머글 태생들을 사랑하잖아. 정신이 제대로 박힌 교장이라면 크리비 같은 쓰레기를 받아 주지 않았을 텐데."

말포이가 상상 속의 카메라로 사진을 찍으며 콜린을 흉내 내기 시작했는데, 그 모습이 지독할 만큼 똑같았다. "포터, 네 사진 좀 찍어도 되니, 포터? 네 사인 받아도 돼? 네 신발 핥아도 돼? 제발, 포터!"

그는 양손을 축 늘어뜨리더니 해리와 론을 바라보았다.

"너희 둘, 대체 *뭐가 문제야?*"

해리와 론이 뒤늦게 억지로 웃었으나 말포이는 그걸로 만족한 것 같았다. 아마 크래브와 고일은 항상 이해가 더딘

모양이었다.

"성자 포터, 머드블러드의 친구." 말포이가 심드렁한 목소리로 말을 이었다. "걔도 마법사 정신이 제대로 박힌 놈은 아니야. 그렇지 않고서야 그 잘난 척하는 머드블러드 그레인저랑 같이 다닐 리 없잖아. 그런데도 다들 *걔가* 슬리데린의 후계자라고 생각하다니!"

해리와 론은 숨을 죽이고 기다렸다. 몇 초만 있으면 말포이는 자기가 바로 그 슬리데린의 후계자라고 이야기할 것이다. 하지만 그때……

"나도 그 사람이 누군지 알았으면 좋겠다." 말포이가 심통 사납게 말했다. "그럼 내가 도와줄 수 있을 텐데."

론이 입을 쩍 벌리는 바람에 크래브의 얼굴은 평소보다 더 우둔해 보였다. 다행히 말포이는 알아채지 못했고, 해리가 얼른 머리를 굴리고는 말했다. "너는 이 모든 일의 배후에 누가 있는지 조금은 알 거 아냐……."

"모른다는 거 알잖아, 고일. 도대체 몇 번을 말해 줘야 되냐?" 말포이가 쏘아붙였다. "아버지는 먼젓번 비밀의 방이 열렸을 때 얘기도 절대 안 해 주신단 말이야. 물론 50년 전 일이니까 아버지가 다닐 때보다도 옛날이긴 한데, 그래도 아버지는 다 알고 있어. 그 일에 관한 것은 모두 비밀에 부쳐졌으니, 내가 너무 많이 알면 의심받을 거래. 그래도 하나는 알아. 먼젓번 비밀의 방이 열렸을 때 머드블러드 하나가 죽었어. 그러니까 이번에도 걔들 중 하나가 죽는 건 시간문제일 거야……. 그게 그레인저였으면 좋겠다." 그가 즐거워하며 말했다.

론은 크래브의 거대한 주먹을 꽉 쥐고 있었다. 론이 말포이를 때렸다가는 단번에 들킬 것 같다는 생각에 해리는 그에게 경고의 눈길을 쏘아 보내고 재빨리 입을 열었다. "먼젓번에 비밀의 방을 열었던 사람은 잡혔어?"

"아, 그럼. 잡혔지……. 누군지는 모르겠지만 퇴학당했어." 말포이가 말했다. "아마 아직도 아즈카반에 있을걸."

"아즈카반이라니?" 해리가 어리둥절한 얼굴로 물었다.

"아즈카반, *마법사 감옥* 말이야, 고일." 말포이가 믿을 수 없다는 눈으로 그를 바라보며 말했다. "진짜, 너 그 이상 머리가 안 돌아가다가는 아예 멈추겠다."

말포이가 가만있지 못하고 의자에서 자세를 바꿔 앉으며 말했다. "아버지는 그냥 바짝 엎드려서 슬리데린의 후계자가 하는 일이나 계속 지켜보라고 하셔. 학교에서 머드블러드 쓰레기들을 몰아내야 하는 건 맞지만 거기에 말려들지는 말라는 거지. 물론 지금은 아버지가 처리해야 할 일이 많기도 하고. 지난주에 마법 정부가 우리 집을 불시 단속한 거 알아?"

해리는 억지로나마 고일의 멍청한 얼굴로 염려하는 표정을 지으려고 애썼다.

"그렇다니까……." 말포이가 말했다. "다행히 많이 찾아내지는 못했어. 아버지한테 아주 진귀한 어둠의 마법 관련 물건들이 조금 있거든. 하지만 천만다행으로 거실 바닥 밑에 우리만 아는 비밀 방이 있어서……."

"호오!" 론이 외쳤다.

말포이가 그를 보았다. 해리도 그랬다. 론의 얼굴이 빨개졌다. 머리카락까지 빨개지고 있었다. 코 또한 천천히 길어지고 있었다. 시간이 다 된 것이다. 론은 다시 본래 모습으로 변해 가고 있었고, 그가 갑자기 겁먹은 눈길을 던진 것을 보면 해리도 그러고 있는 게 틀림없었다.

그들은 둘 다 벌떡 일어났다.

"배가 아파서 약을 좀……." 론이 끙 앓는 소리를 내뱉었다. 그들은 말포이가 아무것도 눈치채지 못했기를 바라며 곧바로 슬리데린의 긴 휴게실을 전속력으로 가로질러 돌벽이 있는 곳으로 뛰쳐나온 다음 통로를 질주했다. 해리는 두 발이 고일의 거대한 신발 안에서 미끄러지는 것을 느꼈다. 몸이 줄어드는 바람에 로브를 끌어 올려야 했다. 그들은 요란한 소리를 내면서 현관홀로 달려 올라갔다. 크래브와 고일이 갇혀 있는 벽장 안에서 문을 쿵쿵 두드리는 소리가 희미하게 울려 퍼지고 있었다. 해리와 론은 둘의 신발을 벽장문 앞에 두고 양말만 신은 채 대리석 계단을 올라가 울보 머틀의 화장실로 전력 질주했다.

"뭐, 시간 낭비만 한 건 아니었네." 론이 화장실 문을 닫으며 헐떡거렸다. "누가 습격을 하고 있는지는 알아내지 못했지만, 내일 아빠한테 편지를 써서 말포이네 거실 바닥 밑을 확인하라고 해야겠어."

해리는 깨진 거울에 비친 자신의 얼굴을 확인했다. 본래대로 돌아와 있었다. 그가 안경을 쓰는 사이 론이 헤르미온느가 들어가 있는 칸막이 문을 두드렸다.

"헤르미온느, 나와. 해 줄 얘기가 아주 많……."

"저리 가!" 헤르미온느가 꽥 소리 질렀다.

해리와 론은 서로를 바라보았다.

"왜 그래?" 론이 말했다. "지금쯤이면 너도 본래 모습으로 돌아왔을 거 아냐. 우리는……."

그런데 돌연 울보 머틀이 칸막이 문을 뚫고 미끄러져 나왔다. 해리는 머틀이 그렇게 행복해하는 모습을 본 적은 한 번도 없었다.

"우우우우우우, 이따가 봐 봐." 머틀이 말했다. "*끔찍해!*"

잠금장치를 미는 소리가 들리더니 헤르미온느가 로브를 끌어 올려 얼굴을 가리고 훌쩍거리며 나타났다.

"왜 그래?" 론이 머뭇거리며 물었다. "아직까지 밀리선트의 코나 뭐 그런 게 붙어 있는 거야?"

헤르미온느가 로브를 내리자 론은 뒷걸음질 치다가 세면대에 부딪치고 말았다.

헤르미온느의 얼굴은 검은색 털로 뒤덮여 있었다. 눈은 노란색이었고, 머리카락 사이로 길고 뾰족한 귀 두 개가 튀어나와 있었다.

"고, 고양이 털이었어!" 헤르미온느가 울부짖었다. "미, 밀리선트 벌스트로드한테 고, 고양이가 있었나 봐! 이 마, 마법약은 동물 변신에 사용해선 안 된단 말이야!"

"아, 이런." 론이 말했다.

"너한텐 *지독한* 별명이 붙을 거야." 머틀이 기분 좋은 듯 말했다.

"괜찮아, 헤르미온느." 해리가 다급히 달래 주었다. "우리가 병동에 데려다줄게. 폼프리 선생님은 너무 많은 걸 묻지 않으니까……."

  화장실에서 나가자고 헤르미온느를 설득하기까지 한참
시간이 걸렸다. 울보 머틀이 큰 소리로 깔깔 웃으며 그들의
발걸음을 재촉했다.
  "좀만 있어 봐. 다들 너한테 꼬리가 있다는 걸 알게 될 테
니까!"

13장
아주 비밀스러운 일기장

　헤르미온느는 몇 주 동안 병동에 머물렀다. 다른 학생들이 크리스마스 연휴를 보내고 학교로 돌아왔을 때 헤르미온느가 보이지 않자 한바탕 소문이 몰아쳤다. 다들 헤르미온느가 습격을 당했다고 생각한 것이다. 수많은 아이들이 헤르미온느를 한번 보려고 줄지어 병동 앞을 지나다니는 바람에, 폼프리 선생은 커튼을 다시 꺼내 헤르미온느의 침대에 달아서 그녀가 털북숭이 얼굴을 보이는 부끄러움을 덜어 주었다.

　해리와 론은 매일 저녁 헤르미온느를 보러 갔다. 새 학기가 시작되어 그날그날의 숙제를 그녀에게 전달해 준 것이다.

"나한테 고양이 수염이 났다면 공부 안 하고 쉬었을 거야." 어느 날 저녁 론이 헤르미온느의 침대 옆 탁자에 책을 한 무더기 쏟아 놓으며 말했다.

"바보 같은 소리 하지 마, 론. 따라잡아야지." 헤르미온느가 씩씩하게 말했다. 얼굴에 난 털이 다 사라지고 눈이 천천히 갈색으로 돌아오고 있다는 사실에 기분이 매우 좋은 듯했다. "새로운 단서라도 찾았어?" 헤르미온느가 폼프리 선생이 듣지 못하도록 속삭였다.

"전혀." 해리가 우울하게 말했다.

"난 분명 말포이일 거라고 생각했는데." 론이 백 번쯤 한 말을 또 했다.

"저건 뭐야?" 해리가 헤르미온느의 베개 밑에서 비어져 나온 황금빛 무언가를 가리키며 물었다.

"그냥 회복 기원 카드야." 헤르미온느가 재빨리 말하며 그것을 보이지 않게 밀어 넣으려고 했지만 론이 더 빨랐다. 그는 카드를 빼낸 다음 탁 펼치고 큰 소리로 읽었다.

"'그레인저 양의 쾌유를 기원하며. 너를 너무나 걱정하는 교수님이자 3급 멀린 훈장 수훈자이며 어둠의 힘 방어 연맹 명예회원 겸 《주간 마녀》 가장 매력적인 미소 상 5회 연속 수상자, 길더로이 록하트 교수가'."

론이 메스껍다는 표정으로 눈을 들어 헤르미온느를 보았다.

"이걸 베개 밑에 넣고 잔단 말이야?"

하지만 헤르미온느는 때마침 폼프리 선생이 저녁 약을 가지고 나타나는 바람에 대꾸하지 않아도 되었다.

"록하트가 뭐가 좋다고 저러는 거야? 정말 느끼하지 않냐?" 병동을 나선 뒤 그리핀도르 탑으로 향하는 계단을 오르며 론이 해리에게 말했다. 스네이프가 숙제를 너무 많이 내줘서 6학년이 될 때까지도 다 못 할 것 같다고 생각하던 중이었다. 론이 헤르미온느에게 머리카락 곤두세우기 마법약에 쥐의 꼬리를 몇 개나 넣어야 하는지 물어볼 걸 그랬다고 막 얘기하고 있을 때, 위층에서 성난 외침이 터져 나왔다.

"저건 분명 필치 목소린데." 해리가 중얼거렸다. 그들은 서둘러 계단을 올라가 몸을 숨긴 채 귀를 기울였다.

"누가 또 공격당한 건 아니겠지?" 론이 긴장해서 말했다.

그들은 가만히 서서 극도로 흥분한 필치의 목소리가 들려오는 쪽으로 머리를 기울였다.

"……여기서 일을 더 주다니! 이미 할 일이 산더미 같은데 밤새 걸레질이나 하라는 건가! 안 돼, 더 이상 못 참겠다. 덤블도어한테 가야겠어……."

발소리가 멀어지더니 멀리서 문이 쾅 하고 닫히는 소리가 들렸다.

그들은 모퉁이에서 고개를 내밀었다. 필치가 평소 망을 보던 자리에서 감시하고 있었던 게 틀림없었다. 그들은 노리스 부인이 공격당했던 바로 그곳에 다시 와 있었다. 그들은 필치가 무엇 때문에 소리를 질렀는지 단번에 알았다. 물이 잔뜩 흘러넘쳐 복도가 절반이나 잠겨 있었던 것이다. 지금도 울보 머틀의 화장실 문 아래로 물이 계속 새어 나오고 있는 것 같았다. 필치의 고함이 그치자, 화장실 벽에 메아리치는 머틀의 울음소리가 들렸다.

"이번엔 또 왜 저래?" 론이 말했다.

"가 보자." 해리가 말했다. 그들은 로브를 발목 위로 들어올린 채 엄청난 물웅덩이를 지나, 늘 그랬듯 문에 붙은 '고장' 팻말을 무시하고 안으로 들어갔다.

울보 머틀은, 그게 가능한지는 모르겠지만, 평소보다 더 요란하고 더 큰 소리로 울고 있었다. 그녀는 애용하는 변기 밑에 숨어 있는 것 같았다. 벽과 바닥을 적신 세찬 물줄기 탓에 촛불이 꺼져서 화장실은 어두웠다.

"왜 그래, 머틀?" 해리가 물었다.

"거기 누구야?" 머틀이 가련하게 훌쩍거렸다. "나한테 또 뭘 던지려고 왔어?"

그녀가 있는 칸막이까지 물이 흥건한 바닥을 헤치고 다가간 해리가 말했다. "내가 왜 너한테 물건을 던지겠어?"

"그걸 나한테 묻는 거야?" 머틀이 이미 흠뻑 젖은 바닥에 더 많은 물을 튀기며 나타나 소리쳤다. "난 여기서 내 일만 신경 쓰고 있었는데, 누군가는 그런 나한테 책을 던지는 게 재미있다고 생각했나 보지……."

"하지만 누가 너한테 뭘 던져도 다치진 않잖아." 해리가 논리적으로 말했다. "그러니까, 책은 너를 그냥 통과할 거 아니야."

그런 말은 하지 말았어야 했다. 머틀이 숨을 훅 들이켜더니 소리를 질렀다. "모두 머틀한테 책을 던지자, 쟤는 아무것도 못 느끼니까! 배를 통과하면 10점! 머리를 통과하면 50점! 와, 하하하! 이렇게 재미있는 게임이라니. 아니, 난 그렇게 생각 안 하는데?"

"그건 그렇고, 누가 던졌는데?" 해리가 물었다.

"나야 모르지. ……나는 그냥 하수관 속에 앉아서 죽음에 대해 생각하고 있었는데, 그게 내 정수리를 곧장 통과했어." 머틀이 그들을 노려보며 말했다. "책은 저기 있어. 물

83

에 쓸려 나갔어.”

해리와 론은 머틀이 가리키는 세면대 아래를 바라보았다. 그곳에는 작고 얇은 책이 놓여 있었다. 너덜너덜한 검은색 표지의 그 책은 화장실에 있는 다른 물건들처럼 물에 젖어 있었다. 해리가 그 책을 집으려고 앞으로 나서자 론이 갑자기 팔을 뻗어 그를 막았다.

“왜?” 해리가 물었다.

“너 미쳤어?” 론이 말했다. “위험한 거면 어쩌려고 그래.”

“*위험*?” 해리가 웃으며 말했다. “야, 저게 어떻게 위험할 수가 있어?”

“들으면 놀랄걸.” 론이 걱정스럽게 책을 바라보며 말했다. “아빠가 그러는데, 마법 정부에서 압수한 어떤 책들은…… 눈을 태워 버리기도 했대.《어느 마법사의 소네트》를 읽은 사람은 모두 평생 오행시 형식으로만 말하게 됐고. 그리고 바스에 사는 한 나이 든 마법사는 결코 읽는 걸 멈출 수 없는 책을 갖고 있었대! 책에 코를 박고 모든 걸 한 손으로만 하느라 쩔쩔매야 했지. 그리고…….”

“그래, 알아들었어.” 해리가 말했다.

푹 젖은 채 바닥에 놓여 있는 그 작은 책에는 별 특이한 구석이 없었다.

"뭐, 펼쳐 보지 않으면 그런 책인지 아닌지 알 수 없잖아?" 해리는 그렇게 말하고 론을 피해 몸을 홱 숙이고는 바닥에서 책을 집어 들었다.

해리는 단번에 그것이 일기장임을 알았다. 표지에 적힌 빛바랜 연도를 보니 50년 된 일기장이었다. 해리는 두근거리는 마음으로 일기장을 펼쳤다. 첫 번째 장에서는 잉크가 번진, 'T. M. 리들'이라는 이름만 알아볼 수 있었다.

"잠깐만." 론이 조심스럽게 다가와 해리의 어깨 너머로 보다가 말했다. "나 그 이름 알아……. T. M. 리들은 50년 전 학교에 특별한 공로를 세워서 상을 받은 사람이야."

"그런 걸 대체 어떻게 알아?" 해리가 놀라워하며 물었다.

"방과 후 징계를 받을 때 필치가 나한테 리들의 트로피를 50번 정도 닦게 했거든." 론이 분하다는 듯 말했다. "내가 거기에다 민달팽이를 잔뜩 토해 놨었지. 너도 그 이름에서 끈적끈적한 걸 한 시간 동안 닦아 내야 했다면 기억할 수밖에 없을걸."

해리는 젖은 페이지들을 떼어 냈다. 페이지들은 완전히 비어 있었다. 어디에도 글씨를 쓴 희미한 흔적조차 없었고, '메이블 고모 생신'이나 '3시 30분 치과' 같은 메모도 없었다.

"한 번도 안 쓴 거네." 해리가 실망해서 말했다.

"이걸 왜 변기에 내버리려고 했지?" 론이 이상하다는 듯 말했다.

해리는 일기장 뒤표지를 보았다. 런던 복스홀가의 판매점 이름이 찍혀 있었다.

"틀림없이 머글 태생이었을 거야." 해리가 깊은 생각에 잠겨서 말했다. "복스홀가에서 일기장을 산 걸 보면……."

"뭐, 너한테는 별로 쓸모없겠네." 론이 말했다. 그가 목소리를 낮추며 말했다. "머틀의 코를 통과시키면 50점."

하지만 해리는 일기장을 주머니에 넣었다.

2월 초에 헤르미온느는 고양이 수염과 꼬리와 털이 없어진 모습으로 병동을 나왔다. 헤르미온느가 그리핀도르 탑에 돌아온 첫날 저녁, 해리는 그녀에게 T. M. 리들의 일기장을 보여 주고 그것을 어떻게 찾았는지도 이야기해 주었다.

"우아, 어쩌면 뭔가 힘이 숨겨져 있을지도 몰라." 헤르미온느가 신이 나서 말하며 일기장을 받아 들고 자세히 들여다보았다.

"그럼 그 힘을 아주 잘 감추고 있나 보네." 론이 말했다. "부끄러움을 타는지도 모르고. 난 네가 왜 그걸 안 버리는

지 모르겠다, 해리."

"누가 저걸 왜 *버리려고* 했는지 알고 싶어서." 해리가 말했다. "리들이 호그와트에 어떤 특별한 공을 세워서 상을 받았는지도 알고 싶고."

"어떤 것이든 될 수 있지 않을까." 론이 말했다. "O.W.L.을 무려 서른 개나 받았을지도 몰라. 아니면 대왕오징어한테서 교수를 구했을 수도 있고. 어쩌면 머틀을 죽였을지도 모르지. 모두에게 도움이 되는 일이었을 테니까……."

그러나 해리는 헤르미온느의 굳은 표정을 보고 그녀 역시 자기와 똑같은 생각을 하고 있다는 것을 알았다.

"왜 그래?" 론이 둘을 번갈아 보며 물었다.

"음, 비밀의 방이 50년 전에도 열렸었다고 하지 않았어?" 해리가 말했다. "말포이가 그렇게 얘기했잖아."

"그랬지……." 론이 천천히 말했다.

"그리고 이 일기장은 50년 전 거고." 헤르미온느가 흥분한 듯 일기장을 톡톡 두드리며 말했다.

"그래서?"

"아, 론. 정신 차려." 헤르미온느가 쏘아붙였다. "먼젓번에 비밀의 방을 연 사람은 *50년 전에* 퇴학당했잖아. T. M.

87

리들은 *50년 전 학교에 특별한 공을 세워서 상을 받았고.* 자, 리들이 슬리데린의 후계자를 잡아서 특별 공로상을 받은 거라면? 어쩌면 리들의 일기장이 우리에게 모든 걸 말해 줄지도 몰라. 비밀의 방이 어디에 있는지, 어떻게 여는지, 그 안에 어떤 생명체가 있는지 말이야. 이번 습격의 배후에 있는 사람은 이 일기장이 버젓이 돌아다니길 바라지 않겠지. 안 그래?"

"그것 참 기발한 이론인데, 헤르미온느." 론이 말했다. "아주 작은 오류가 하나 있긴 하지만. 일기장에 아무것도 쓰여 있지 않다는 것 말이야."

하지만 헤르미온느는 가방에서 마법 지팡이를 꺼내고 있었다.

"투명 잉크로 썼을지도 몰라!" 헤르미온느가 속삭거렸다.

그녀는 일기장을 톡톡톡 세 번 두드리더니 말했다. "*아파레시움!*"

아무 일도 일어나지 않았다. 헤르미온느는 실망하지 않고 다시 가방에 손을 넣어 밝은 빨간색 지우개 비슷한 물건을 꺼냈다.

"'폭로개'야, 다이애건 앨리에서 샀어." 그녀가 말했다.

그녀는 '1월 1일'이 인쇄된 페이지를 힘껏 문질렀다. 그러나 아무 일도 일어나지 않았다.

"거 봐, 여기에서는 알아낼 게 아무것도 없다니까." 론이
말했다. "리들은 그냥 크리스마스에 일기장을 선물받았고,
귀찮아서 안 쓴 거야."

해리는 어째서 리들의 일기장을 버리지 않았는지 스스로
에게도 설명할 수 없었다. 사실은 아무것도 쓰여 있지 않다
는 걸 알면서도, 해리는 그것이 끝까지 읽고 싶은 이야기
라도 되는 양 멍하니 일기장을 집어 들어 페이지를 넘기고
있었다. 분명 T. M. 리들이라는 이름을 한 번도 들어 본 적
없었음에도, 반쯤 잊힌 아주 어릴 적 친구라도 되는 듯 뭔
가 의미가 있는 것만 같았다. 하지만 그건 말도 안 되는 일
이었다. 호그와트에 오기 전 해리한테는 단 한 명의 친구도
없었다. 더들리가 확실히 그렇게 만들어 주었다.

그럼에도 해리는 리들에 대해 더 알아내기로 마음먹고,
다음 날 쉬는 시간에 리들의 특별 공로상을 보러 트로피 전
시실로 갔다. 헤르미온느와 론도 함께였는데, 헤르미온느
는 관심을 보였지만 론은 트로피 전시실은 평생 다시 안 봐
도 될 만큼 충분히 봤다며 전혀 납득하지 못했다.

리들의 번쩍거리는 황금색 트로피는 구석 진열장에 보

관돼 있었다. 무슨 이유로 상을 수여했는지 자세한 내용은 적혀 있지 않았다("잘됐지, 뭐. 그랬다면 트로피가 더 컸을 테고, 난 아직도 저걸 닦고 있었을걸" 하고 론이 말했다). 세 사람은 오래된 마법 성적 우수 메달과 역대 남학생 회장 명단에서도 리들의 이름을 찾아냈다.

"꼭 퍼시 같네." 론이 진저리가 난다는 듯 코를 찡그리며 말했다. "반장에, 남학생 회장에…… 아마 전 과목에서 1등 했을걸."

"넌 그게 꼭 나쁜 일인 것처럼 말한다." 헤르미온느가 약간 상처받은 목소리로 말했다.

이제 호그와트에도 미약하게나마 해가 다시 내리쬐기 시작했다. 성안에는 좀 더 희망 어린 분위기가 감돌았다. 저스틴과 목이 달랑달랑한 닉 이후로 더 이상의 습격은 없었고, 폼프리 선생은 맨드레이크들이 감정 기복이 심해지고 뭔가 자꾸 숨기려 든다는 소식을 기쁜 얼굴로 알려 왔는데, 이는 맨드레이크들이 빠르게 유년기를 벗어나고 있다는 뜻이었다.

"여드름이 없어지면 다시 분갈이할 준비가 된 거예요." 해리는 어느 날 오후 폼프리 선생이 필치에게 친절하게 설

명하는 것을 들었다. "그런 다음 조만간 잘라서 끓일 거고
요. 노리스 부인도 금방 돌아올 거예요."

해리는 어쩌면 슬리데린의 후계자가 배짱을 잃었는지
도 모른다고 생각했다. 학교 전체가 이토록 경계하고 의
심스러워하는 상황에서 비밀의 방을 여는 건 분명 점점
위험한 일이 되어 가고 있었다. 어쩌면 그 뭔지 모를 괴물
은 지금 또다시 50년 동안의 동면을 준비하고 있는지도 몰
랐다…….

후플푸프의 어니 맥밀런은 이런 긍정적인 관점을 받아
들이지 않았다. 그는 여전히 해리가 범인이며, 결투 동아
리에서 그 '정체를 드러냈다고' 확신하고 있었다. 피브스도
도움이 안 되긴 마찬가지였다. 이제 그는 율동까지 곁들여
'오 포터, 이 폭도야……'를 노래하면서 사람들로 가득한
복도에 펑 나타나곤 했다.

길더로이 록하트는 본인이 습격을 멈추게 했다고 생각하
는 듯했다. 해리는 그리핀도르 학생들이 변환 마법 수업을
들으려고 줄서 있는 동안 그가 맥고나걸 교수에게 하는 말
을 우연히 들었다.

"더 이상의 문제는 없을 것 같습니다, 미네르바." 그는 다
알고 있다는 듯 자기 코를 톡톡 두드리고 눈을 찡긋하며 말

했다. "이번에는 비밀의 방이 영원히 잠긴 것 같아요. 범인들은 분명 저에게 잡히는 건 시간문제라는 것을 알아차렸을 겁니다. 차라리 지금 멈추는 게 현명하죠, 제가 나서기 전에요. 이제 필요한 건 학생들의 사기를 북돋는 일입니다. 지난 학기의 기억을 씻어 내야죠! 이 자리에서는 더 이상 이야기하지 않겠지만, 제가 딱 좋은 방법을 알고 있어요⋯⋯."

그는 다시 코를 톡톡 두드리더니 성큼성큼 멀어져 갔다.

학생들의 사기를 높이려는 록하트의 계획은 2월 14일 아침 식사 시간에 분명해졌다. 해리는 전날 밤 늦게까지 퀴디치 훈련을 하는 바람에 잠을 많이 자지 못했고, 그래서 조금 늦게 허겁지겁 대연회장으로 내려갔다. 그는 잠깐 엉뚱한 데로 들어간 건가 싶어 어리둥절했다.

벽이 온통 크고 야단스러운 분홍색 꽃으로 뒤덮여 있었던 것이다. 설상가상으로, 옅은 파란색 천장에서는 하트 모양 색종이 조각이 떨어지고 있었다. 해리는 그리핀도르 식탁으로 갔다. 론은 토할 것 같은 표정으로 앉아 있었고, 헤르미온느는 키득거리는 웃음을 참기가 힘든 모양이었다.

"이게 다 무슨 일이야?" 해리가 자리에 앉아 베이컨에서 색종이 조각을 떼어 내며 물었다.

론은 차마 말하기도 역겹다는 듯 교직원 식탁을 가리켰다. 실내장식과 어울리는 요란한 분홍색 로브를 걸친 록하트가 학생들에게 조용히 하라고 손짓하고 있었다. 그의 양 옆에 앉은 교수들의 얼굴은 잔뜩 굳어 있었다. 해리가 앉아 있는 곳에서도 맥고나걸 교수의 볼 근육이 꿈틀거리는 것이 보였다. 스네이프는 누군가가 '뼈가쑥쑥'을 큰 컵 가득 먹인 것 같은 표정이었다.

"해피 밸런타인데이!" 록하트가 소리쳤다. "그리고 지금까지 내게 카드를 보내 준 마흔여섯 분께 감사드립니다! 그래요, 내가 여러분 모두를 위해 실례를 무릅쓰고 이 조그만 깜짝 파티를 준비했습니다. 게다가 이게 다가 아니에요!"

록하트가 손뼉을 치자 현관홀 문으로 성질 더러워 보이는 드워프 10여 명이 들어왔다. 하지만 그들은 여느 드워프들과는 확실히 달랐다. 록하트가 그들 모두에게 황금색 날개를 달고 하프를 들게 했던 것이다.

"나의 사랑스러운 공식 큐피드들입니다!" 록하트가 환하게 미소 지었다. "이들이 오늘 학교를 돌아다니면서 여러분에게 밸런타인 메시지를 전할 거예요! 재미있는 일은 여기서 끝이 아닙니다! 동료 교수님들께서도 이 행사의 취지에 동참하고 싶어 하실 거라고 확신합니다! 스네이프 교수

님께 사랑의 마법약을 휘리릭 만드는 법을 보여 달라고 하
면 어떨까요? 플리트윅 교수님은 내가 여태껏 만난 어떤
마법사보다도 황홀경 마법을 잘 알고 계신답니다. 음흉한
늑대 같으니라고!"

플리트윅 교수가 두 손으로 얼굴을 감쌌다. 스네이프는
가장 처음으로 사랑의 마법약을 부탁하는 사람에게 독약
을 먹여 버릴 것 같은 표정을 짓고 있었다.

"부탁이야, 헤르미온느. 너는 그 마흔여섯 명 가운데 한
명이 아니라고 말해 줘." 첫 번째 수업을 들으러 대연회장
을 나서며 론이 말했다. 헤르미온느는 아무 대답 없이 갑자
기 시간표를 찾아 열심히 가방을 뒤지기 시작했다.

드워프들은 그날 온종일 수업 시간에 불쑥 들이닥쳐 밸
런타인 메시지를 전하면서 교수들을 짜증 나게 만들었다.
그날 오후 늦게 그리핀도르 학생들이 일반 마법 수업을 들
으러 위층으로 올라가고 있는데 드워프 하나가 해리를 쫓
아왔다.

"야, 너! 해리 포터!" 유난히 험상궂게 생긴 드워프가 팔
꿈치로 학생들을 밀치며 해리에게 성큼성큼 다가왔다.

공교롭게도 지니 위즐리가 끼어 있는 1학년 무리 앞에서
밸런타인 메시지를 받는다는 생각에 창피함을 느낀 해리

는 그 자리에서 빠져나가려고 애썼다. 그러나 드워프는 학
생들의 정강이를 걷어차면서 인파를 뚫고 와, 해리가 두 발
짝 떼어 놓기도 전에 그를 따라잡았다.

"해리 포터에게 직접 전해야 할 음악 메시지가 있다." 드
워프가 조금 위협적인 방식으로 하프를 튕기며 말했다.

"여기서는 안 돼." 해리가 달아나려고 애쓰면서 씩씩거
렸다.

"가만히 있어!" 드워프가 해리의 가방을 잡아당기며 툴
툴거렸다.

"이거 놔!" 해리는 화를 내며 가방을 힘껏 끌어당겼다.

큰 소리가 나면서 가방이 양쪽으로 찢어졌다. 책들과 지
팡이, 양피지와 깃펜이 바닥에 쏟아졌고 잉크병은 그 자리
에서 박살 났다.

해리는 드워프가 노래를 시작하기 전에 물건을 다 주우
려고 허둥거렸고 그 바람에 복도가 정체되었다.

"무슨 일이야?" 말포이의 차갑고 질질 끄는 말투가 들렸
다. 말포이가 밸런타인 음악 메시지를 듣기 전에 도망치려
는 절실한 마음에, 해리는 찢어진 가방에 미친 듯이 물건들
을 쑤셔 넣기 시작했다.

"이게 다 무슨 소란이야?" 또 다른 익숙한 목소리가 말했

다. 퍼시 위즐리가 온 것이다.

당황한 해리는 도망치려 했지만 드워프가 무릎을 붙잡는 바람에 바닥에 쾅 넘어지고 말았다.

"좋아." 드워프가 해리의 발목을 깔고 앉으며 말했다. "너에게 전하는 밸런타인 노래다."

그의 눈은 금방 절인 두꺼비 같은 초록색,
그의 머리카락은 칠판 같은 검은색.
그가 내 것이었으면 좋겠어, 그는 정말 멋있어,
어둠의 왕을 물리친 영웅이여.

해리는 그 자리에서 증발할 수만 있다면 그린고츠에 있는 황금을 다 내줘도 좋았다. 그는 태연한 척 다른 사람들을 따라 웃으려고 무진 애를 쓰며 자리에서 일어났다. 드워프의 무게에 눌려 발이 얼얼했다. 그러는 사이 퍼시 위즐리는 아이들을 흩어 놓느라 진땀을 뺐는데, 그중 몇몇은 웃다 못해 아예 울고 있었다.

"어서 가, 빨리 가라고. 5분 전에 종이 울렸으니 이제 교실로 가." 퍼시가 저학년 학생 몇 명을 쫓아 보내며 말했다. "말포이 너도."

해리는 힐끗, 말포이가 허리를 숙이고 뭔가를 집어 드는 모습을 보았다. 말포이는 짓궂은 눈빛으로 그것을 크래브와 고일에게 보여 주었다. 리들의 일기장이었다.

"돌려줘." 해리가 조용히 말했다.

"포터가 여기에 뭐라고 썼을지 궁금하지 않아?" 말포이가 말했다. 표지에 적힌 연도를 보지 못하고 해리의 일기장이라고 생각한 게 틀림없었다. 구경하던 아이들 사이에 정적이 내려앉았다. 지니는 겁에 질린 표정으로 일기장과 해리를 번갈아 보고 있었다.

"이리 내놔, 말포이." 퍼시가 엄격한 목소리로 말했다.

"한번 보고." 말포이가 비웃듯이 해리를 향해 일기장을 흔들며 말했다.

퍼시가 말했다. "학교 반장으로서……." 하지만 해리는 더 이상 참을 수 없었다. 그가 마법 지팡이를 꺼내 들고 소리쳤다. "엑스펠리아르무스!" 스네이프가 록하트를 무장해제시켰을 때처럼 일기장이 말포이의 손에서 공중으로 휙 날아갔다. 론이 씩 웃으며 일기장을 잡아챘다.

"해리!" 퍼시가 큰 소리로 말했다. "복도에서는 마법을 쓰면 안 돼. 이건 보고를 할 수밖에 없어. 너도 알지?"

하지만 해리는 신경 쓰지 않았다. 말포이에게 한 방 먹이는 것은 언제든지 그리핀도르가 5점 감점당할 만한 가치가 있는 일이었다. 말포이는 굉장히 화가 나서, 그를 지나쳐 교실로 들어가는 지니의 뒤에다 대고 심술궂게 소리쳤다. "포터는 네 밸런타인 메시지가 별로 마음에 안 드나 본데!"

지니가 두 손으로 얼굴을 감싸고 교실로 달려 들어갔다. 론이 화를 내며 지팡이를 꺼냈지만 해리가 말렸다. 일반 마법 시간 내내 민달팽이를 게워 낼 수는 없었으므로.

해리가 리들의 일기장에서 상당히 이상한 점을 발견한 건 플리트윅 교수의 교실에 도착하고 나서였다. 해리의 다른 책은 모두 짙은 빨간색 잉크에 젖어 있었다. 그러나 일기장은 잉크병이 박살 나기 전처럼 깨끗했다. 해리가 론에게 이 얘기를 하려고 했지만 론은 또다시 마법 지팡이 때문에 골치를 썩고 있었다. 지팡이 끝에서 커다란 자주색 거품이 피어오르고 있어서 다른 일에 신경 쓸 겨를이 없었던 것이다.

그날 밤 해리는 기숙사에서 가장 먼저 침실에 들어갔다. 프레드와 조지가 '그의 눈은 금방 절인 두꺼비 같은 초록색' 어쩌고 하는 노래를 반복하는 것을 더 이상 견딜 수 없어서이기도 했고, 리들의 일기장을 다시 살펴보고 싶은데 론은 그것을 시간 낭비라고 생각했기 때문이었다.

해리는 사주식 침대에 앉아 텅 빈 페이지를 펄럭펄럭 넘겨 보았다. 진홍색 잉크가 묻은 곳은 단 한 군데도 없었다. 잠시 후 해리는 침대 옆 보관함에서 새 잉크병을 꺼내 깃펜을 담갔다가 일기장 첫 페이지에 잉크를 한 방울 떨어뜨렸다.

잉크는 종이 위에서 잠깐 동안 밝게 빛나더니 마치 그 페이지 속으로 흡수된 것처럼 사라졌다. 해리는 흥분해서 다시 한 번 깃펜에 잉크를 적신 뒤 "내 이름은 해리 포터다"라고 썼다.

종이 위에서 단어들이 잠깐 빛나는가 싶더니 역시 흔적도 없이 사라졌다. 그때, 마침내 무슨 일인가 일어났다.

해리가 쓴 잉크가 다시 종이 위로 스머 나오더니 그가 쓰지 않은 단어들이 나타난 것이다.

"안녕, 해리 포터. 내 이름은 톰 리들이야. 어쩌다 내 일기장을 갖게 됐니?"

이 단어들 또한 희미해지다가 사라지려 하자 해리는 얼른 대답을 휘갈겨 썼다.

"누가 이걸 변기에 넣고 물을 내리려 했어."

그는 리들의 대답을 간절히 기다렸다.

"내 기억들을 잉크보다 더 오래가는 방법으로 기록해 놓아서 정말 다행이다. 난 항상 이 일기장이 읽히길 바라지 않는 사람이 있을 거라는 사실을 알고 있었거든."

"무슨 뜻이야?" 해리는 흥분한 탓에 종이에 잉크 얼룩을 남기며 마구 휘갈겨 썼다.

"이 일기장에 끔찍한 일들에 관한 기억이 담겨 있다는 뜻이야. 은폐된 일들. 호그와트 마법학교에서 일어났던 일들."

"내가 지금 거기에 있어." 해리가 재빨리 썼다. "나는 지금 호그와트에 있는데, 섬뜩한 일들이 일어나고 있어. 비밀의 방 알아?"

심장이 두근거렸다. 리들의 답은 금방 돌아왔다. 아는 내용을 모두 말해 주려고 허겁지겁 쓰는 듯 글씨가 삐뚤빼뚤해지고 있었다.

"비밀의 방이야 당연히 알지. 내가 학교에 다닐 때 사람들은 그게 전설일 뿐이라고, 그런 건 존재하지 않는다고 말했어. 하지만 거짓말이었지. 내가 5학년 때 비밀의 방이 열렸거든. 괴물이 학생 몇 명을 공격했고 결국 한 명이 죽었어. 내가 그 방을 연 사람을 잡았고 그 사람은 퇴학당했지. 하지만 교장이었던 디핏 교수님은 호그와트에서 그런 일이 일어난 것을 부끄럽게 여겨서 내가 진실을 말하지 못하게 했어. 그 여자애는 이상한 사고로 죽었다고 알려졌지.
사람들은 내 수고에 대한 보상으로 내 이름을 새긴 멋지고
번쩍거리는 트로피를 주면서 입 다물고 있으라고 경고했
어. 하지만 난 그 일이 또다시 벌어질 수 있다는 걸 알았어.
괴물은 살아 있었고, 괴물을 풀어 줄 힘을 가진 사람은 감
옥에 가지 않았거든."

해리는 급하게 대답을 쓰려다가 잉크병을 엎을 뻔했다.

"지금 그 일이 다시 벌어지고 있어. 세 번의 습격이 있었
는데, 누가 한 짓인지 아무도 모르는 것 같아. 지난번에는
누가 그랬어?"

"원한다면 보여 줄게." 리들의 답이 돌아왔다. "내 말을
믿으려고 애쓸 필요도 없어. 내가 그 사람을 붙잡은 날 밤
의 기억으로 널 데려갈 수 있거든."

해리는 일기장 위에 깃펜을 가만히 들고 망설였다. 리들
의 말이 무슨 뜻일까? 어떻게 그를 다른 사람의 기억 속으
로 데려간다는 걸까? 해리는 점점 어두워지는 기숙사 침실
문을 초조하게 흘끗 바라보았다. 일기장을 다시 보니 새로
운 단어들이 만들어지고 있었다.

"내가 보여 줄게."

해리는 아주 잠깐 머뭇거리다가 두 글자를 적었다.

"그래."

일기장 페이지들이 강한 바람에 휩쓸린 듯 펄럭펄럭 넘어가기 시작하더니 6월 중간쯤에서 멈췄다. 해리는 입을 떡 벌린 채 소형 텔레비전 화면처럼 변한 6월 13일의 작은 네모칸을 보았다. 해리가 살짝 떨리는 손으로 일기장을 들어 그 작은 화면에 눈을 갖다 댄 순간, 무슨 일이 벌어지는지 알아차리기도 전에 그의 몸이 앞으로 기울어졌다. 화면이 점점 커지면서 해리는 자기 몸이 침대에서 떨어지는 것을 느꼈다. 그는 그 페이지의 구멍으로 머리부터 빨려 들어가, 색과 그림자의 소용돌이 속으로 내동댕이쳐졌다.

해리는 두 발이 단단한 바닥에 닿는 것을 느끼고 떨리는 몸을 일으켰다. 주위의 흐릿했던 형상들이 갑자기 또렷해졌다.

해리는 자기가 어디에 있는지 금방 알아차렸다. 잠자는 초상화들이 걸려 있는 이 둥근 방은 덤블도어의 연구실이었다. 하지만 책상 앞에 앉아 있는 사람은 덤블도어가 아니었다. 쭈글쭈글하고 허약해 보이는 그 남자 마법사는 하얀 머리카락 몇 가닥만 빼면 대머리였으며, 촛불 빛에 의지해 편지를 읽고 있었다. 해리가 처음 보는 사람이었다.

"죄송합니다." 해리가 부들부들 떨면서 말했다. "방해하려는 건 아니었는데⋯⋯."

하지만 마법사는 고개를 들지 않았다. 그는 얼굴을 살짝 찌푸린 채 계속 편지를 읽었다. 해리는 그의 책상으로 조금 더 다가가 더듬거렸다. "어⋯⋯ 그냥 갈까요?"

마법사는 여전히 해리를 무시했다. 그의 말을 아예 듣지 못한 것 같았다. 귀가 잘 안 들리는 것일지도 모른다는 생각에 해리는 목소리를 높였다.

"방해해서 죄송합니다. 이제 갈게요." 그는 거의 소리치다시피 했다.

마법사는 한숨을 쉬며 편지를 접더니 자리에서 일어나, 해리를 쳐다보지도 않고 지나쳐 가서는 창문의 커튼을 걷었다.

창밖으로 보이는 하늘은 루비 같은 붉은빛을 띠고 있었다. 해 질 녘인 듯했다. 마법사는 책상으로 돌아와 앉더니 엄지손가락을 만지작거리며 문 쪽을 바라보았다.

해리는 연구실을 둘러보았다. 불사조 폭스도 없었고 윙윙거리는 은제 기구들도 보이지 않았다. 이곳은 리들이 알고 있는 호그와트였다. 그렇다는 건 저 정체 모를 마법사는 덤블도어가 아닌 당시의 교장이고, 50년 전 사람들에게 해리는 전혀 보이지 않는 유령이나 마찬가지라는 뜻이었다.

누군가가 연구실 문을 두드렸다.

"들어오너라." 나이 든 마법사가 기운 없는 목소리로 말했다.

열여섯 살쯤 돼 보이는 소년이 뾰족한 모자를 벗으면서 걸어 들어왔다. 은빛 반장 배지가 그의 가슴에서 반짝거리고 있었다. 그는 키가 해리보다 훨씬 컸지만 머리카락은 해리와 마찬가지로 새까맸다.

"아, 리들." 교장이 말했다.

"저를 부르셨다고요, 디핏 교수님?" 리들이 말했다. 그는 긴장한 듯 보였다.

"앉거라." 디핏이 말했다. "막 네 편지를 읽고 있었다."

리들이 "아" 하고 내뱉더니 양손을 꽉 맞잡으며 의자에 앉았다.

"애야." 디핏이 다정하게 말했다. "너를 여름방학 동안 학교에 머물게 해 줄 수는 없단다. 너도 방학 때는 당연히 집에 가고 싶지 않니?"

"아뇨." 리들이 곧바로 대답했다. "저는 호그와트에 머무는 게 훨씬 좋습니다, 돌아가 봐야 그곳은…… 그곳은……."

"방학 중에는 머글 고아원에 머문다지?" 디핏이 호기심 어린 말투로 물었다.

"네, 교수님." 리들은 대답하면서 얼굴을 살짝 붉혔다.

"머글 태생이냐?"

"혼혈입니다, 교수님." 리들이 말했다. "아버지는 머글이고 어머니가 마법사입니다."

"그리고 부모님은 두 분 다……?"

"어머니는 제가 태어나자마자 돌아가셨습니다. 고아원에서 어머니가 제 이름만 간신히 지어 주고 돌아가셨다는 얘기를 들었어요. 톰은 아버지 이름을 딴 거고, 마볼로는 할아버지 이름을 딴 거라고 했습니다."

디핏은 안됐다는 듯 혀를 끌끌 찼다.

"문제는 말이다, 톰." 그가 한숨을 쉬었다. "널 위해서 특별 조치를 취할 수도 있지만, 지금 상황에서는……."

"연이은 습격 사건을 말씀하시는 거죠, 교수님?" 리들이 말했다. 해리는 가슴이 철렁 내려앉는 것을 느끼며, 한 마디라도 놓칠까 그들에게 더 가까이 다가갔다.

"그렇단다." 교장이 말했다. "얘야, 내 입장에서 네가 학기가 끝난 뒤 성에 남도록 허락해 주는 건 아주 어리석은 일이라는 걸 알아줬으면 좋겠구나. 특히 최근의 비극적인 일들에 비춰 볼 때…… 그 불쌍한 소녀가 죽은 일 말이다……. 고아원에 가는 게 너한테는 훨씬 안전할 거야. 사실, 지금 마법 정부에서 학교를 폐쇄한다는 얘기까지 나오고 있단다. 우리는, 음…… 이 불쾌한 사건들의 원인에 대해 실마리조차 못 잡고 있으니…….”

리들이 눈을 크게 떴다.

“교수님, 그자가 잡히면…… 이 모든 일이 멈추면…….”

“그게 무슨 뜻이냐?” 디핏이 의자에서 몸을 바로 세우며 쇳소리 섞인 목소리로 말했다. “리들, 이 습격 사건들에 대해 아는 게 있니?”

“아뇨, 교수님.” 리들이 재빨리 대답했다.

하지만 해리는 그 대답이 자기가 덤블도어에게 했던 “아뇨”와 같은 종류임을 확신했다.

디핏이 조금 실망한 표정으로 다시 주저앉았다.

“가 봐도 좋다, 톰…….”

리들은 의자에서 살며시 일어나 터벅터벅 연구실을 나섰다. 해리는 그를 뒤쫓았다.

그들은 움직이는 나선형 계단을 내려가 어둑어둑한 복도에 있는 가고일 옆으로 나왔다. 리들이 멈춰 서자 그를 지켜보던 해리도 곧바로 걸음을 멈췄다. 해리는 리들이 뭔가 심각한 생각을 하고 있다는 것을 알아차렸다. 리들은 이마를 찌푸린 채 입술을 깨물고 있었다.

잠시 후, 그는 갑작스럽게 결정을 내린 듯 서둘러 그 자리를 떠났다. 해리는 소리 없이 그 뒤를 쫓았다. 누구와도 마주치지 않고 현관홀에 도착했을 때, 온통 적갈색인 긴 머리카락과 수염을 하고 있는 키 큰 마법사가 대리석 계단에서 리들을 불러 세웠다.

"이렇게 늦은 시간까지 돌아다니다니, 뭐 하는 거냐, 톰?"

해리는 그 마법사를 보고 입을 떡 벌렸다. 그는 다름 아닌 50년 전의 덤블도어였다.

"교장 선생님을 뵙고 오는 길입니다, 교수님." 리들이 말했다.

"으흠, 어서 침실로 가거라." 덤블도어는 해리가 너무나 잘 아는 꿰뚫어 보는 듯한 눈으로 리들을 보며 말했다. "요즘은 복도를 돌아다니지 않는 게 최선이란다. 그 사건 이후로……."

덤블도어는 깊은 한숨을 쉬고 리들에게 잘 자라고 인사한 뒤 성큼성큼 멀어져 갔다. 리들은 덤블도어가 사라지는 모습을 지켜본 다음 재빨리 걸음을 옮겨 지하 감옥으로 가는 돌계단을 곧장 내려갔다. 해리는 그 뒤를 바짝 쫓았다.

하지만 실망스럽게도 리들이 해리를 이끌고 간 곳은 숨겨진 통로나 비밀 터널이 아니라, 해리가 스네이프의 마법약 수업을 듣는 바로 그 지하 감옥 교실이었다. 횃불은 밝혀 있지 않았다. 리들은 그들이 들어가 있는 교실 문을 약간의 틈만 남기고 닫았다. 해리에게는 문 옆에 꼼짝 않고 서서 바깥 통로를 지켜보는 리들의 모습만 보였다.

적어도 한 시간은 그곳에 있었던 것 같았다. 해리의 눈에는 여전히 문 옆에 조각상처럼 서서 문틈으로 내다보는 리들의 형체만 보일 뿐이었다. 기대감이 사라지고 긴장도 풀려서 이제 막 현재로 돌아갔으면 좋겠다는 생각이 들었을 때, 문 밖에서 무언가 움직이는 소리가 들렸다.

누군가가 통로를 살금살금 걸어오고 있었다. 그 사람이 그와 리들이 숨어 있는 지하 감옥 앞을 지나가는 소리가 들려왔다. 리들이 그림자처럼 조용히 문틈으로 빠져나가 그 사람의 뒤를 쫓자, 해리는 자기 소리가 들리지 않는다는 것도 잊고 까치발로 그 뒤를 따랐다.

발소리를 따라간 지 5분 정도 지났을까, 리들이 갑자기 멈춰 서더니 또 다른 소리가 들리는 쪽으로 고개를 기울였다. 문이 삐걱거리며 열리는 소리에 이어 누군가가 쉰 목소리로 소곤거렸다.

"자…… 너를 여기서 내보내야 해……. 어서…… 상자에 들어가……."

어딘가 귀에 익은 목소리였다.

리들이 갑자기 모퉁이를 휙 돌았다. 해리는 뒤따라갔다. 열린 문 앞에 웅크리고 있는 덩치 큰 소년의 어두컴컴한 윤곽이 보였다. 문 앞에는 아주 커다란 상자가 있었다.

"안녕, 루비우스." 리들이 날카로운 목소리로 말했다.

소년이 문을 쾅 닫고 일어섰다.

"여기서 뭐 하는 거야, 톰?"

리들이 더 가까이 다가갔다.

"다 끝났어." 그가 말했다. "너를 고발해야겠어, 루비우스. 습격이 멈추지 않으면 호그와트를 폐쇄한다는 얘기가 나오고 있거든."

"그게 무슨……."

"네가 일부러 누굴 죽이려고 했던 건 아닐 거야. 하지만 괴물은 착한 반려동물이 될 수 없어. 넌 그냥 운동시키려고 녀석을 내보내 줬겠지만……."

"얘는 아무도 죽이지 않았어!" 덩치 큰 소년이 닫힌 문을 등지고 뒷걸음질 치며 말했다. 그의 뒤에서 부스럭부스럭 하고 달그락거리는 이상한 소리가 들렸다.

"어서, 루비우스." 리들이 더 가까이 다가가며 말했다. "그 죽은 여자애의 부모님이 내일 여기 올 거야. 딸을 죽인 괴물을 확실히 죽이는 것이 호그와트가 그분들에게 할 수 있는 최소한의 도리지……."

"얘가 그런 게 아니라고!" 소년이 고함을 지르자 그의 목소리가 어두운 통로에 메아리쳤다. "얘는 그런 짓을 하지 않아! 절대로!"

"옆으로 비켜서." 리들이 마법 지팡이를 꺼내며 말했다.

그가 주문을 외우자 갑작스럽게 빛이 타오르면서 복도를 비췄다. 덩치 큰 소년 뒤에 있는 문이 엄청난 힘으로 확 열리면서 소년을 맞은편 벽으로 날려 보냈다. 이어서 그 문 밖으로 나온 뭔가를 본 해리는 아무도 듣지 못하는 길고 날카로운 비명을 내질렀다.

땅에 바짝 붙은, 털이 숭숭 난 어마어마하게 큰 몸통과 이리저리 얽힌 검은색 다리들, 희미하게 번득이는 여러 개의 눈알과 면도날처럼 날카로운 집게발 한 쌍……. 리들이 다시 지팡이를 들어 올렸지만 너무 늦었다. 그것은 리들을 넘어뜨리고 황급히 도망치더니 복도를 부리나케 달려 사라졌다. 리들은 재빨리 일어나 그것이 사라진 곳을 살폈다. 리들이 지팡이를 들어 올리자 덩치 큰 소년이 달려들어 지팡이를 낚아채더니 리들을 쓰러뜨리며 소리쳤다. **"안 돼애 애애애애!"**

그 장면이 빙빙 돌다가 완전한 어둠으로 변했다. 몸이 아 래로 떨어지는 것 같더니 해리는 이내 그리핀도르 기숙사 침실 안 사주식 침대에 팔다리를 뻗고 쿵 떨어졌다. 리들의 일기장은 그의 배 위에 펼쳐져 있었다.

해리가 숨 고를 새도 없이 침실 문이 열리고 론이 들어 왔다.

"여기 있었네." 론이 말했다.

해리가 몸을 일으켜 앉았다. 그는 땀을 뻘뻘 흘리며 부들 부들 떨고 있었다.

"왜 그래?" 론이 걱정스러운 듯 그를 바라보며 물었다.

"해그리드였어, 론. 해그리드가 50년 전에 비밀의 방을 열었어."

14장
코닐리어스 퍼지

　해리, 론, 헤르미온느는 해그리드가 안타깝게도 크고 괴물 같은 생명체들을 좋아한다는 사실을 예전부터 알고 있었다. 세 사람이 호그와트 1학년이었을 때 해그리드는 그의 작은 나무집에서 용을 키우려고 했다. 해그리드가 '복슬이'라고 이름 붙인 머리 세 개짜리 거대한 개도 한동안 잊을 수 없을 터였다. 그런 해그리드였으니 성안 어딘가에 웬 괴물이 숨겨져 있다는 얘기를 들었다면 한번 보려고 갖은 애를 썼을 게 틀림없었다. 해그리드는 아마도 그 괴물이 그렇게 오랫동안 갇혀 있는 것을 안타까워하면서, 괴물에게 그 많은 다리를 쭉 뻗을 기회를 줘야 한다고 생각했을 것이다. 해리는 괴물에게 목줄과 목걸이를 채우려 드는 열세 살짜리 해그리드의 모습을 금방 떠올릴 수 있었다. 그러나 마찬가지로 해그리드가 결코 누군가를 죽게 하려던 것은 아니라는 점도 확신했다.

해리는 차라리 리들의 일기장을 어떻게 작동시키는지 알지 못했더라면 좋았을 거라는 마음마저 들었다. 론과 헤르미온느는 해리에게 그가 본 장면을 여러 번 다시 이야기하게 했고, 해리는 마침내 그 이야기에도, 뒤이어지는 길고 빙빙 도는 대화에도 질리고 말았다.

"*어쩌면* 리들이 엉뚱한 사람을 붙잡았을 수도 있어." 헤르미온느가 말했다. "사람들을 공격한 건 다른 괴물이었을지도 몰라……."

"넌 여기에 괴물이 몇 마리나 있다고 생각하는 거야?" 론이 심드렁하게 물었다.

"해그리드가 퇴학당한 건 예전부터 알고 있었잖아." 해리가 안타까운 어조로 말했다. "그리고 해그리드가 쫓겨나자 습격이 멈췄겠지. 그렇지 않다면 리들이 상을 받지 못했을 거야."

론은 다른 방향에서 접근했다.

"들어 보면 리들은 정말 퍼시 같아. 누가 해그리드를 고발하라고 시키기라도 했대?"

"하지만 그 괴물은 사람을 죽였잖아, 론." 헤르미온느가 말했다.

"게다가 리들은 호그와트가 폐쇄되면 머글 고아원으로 돌아가야만 했어." 해리가 말했다. "여기 머물고 싶어 했다고 리들을 탓할 수는 없어⋯⋯."

론이 입술을 깨물더니 머뭇거리며 입을 열었다. "해리, 녹턴 앨리에 갔을 때 해그리드를 만났다고 하지 않았어?"

"해그리드는 육식 민달팽이 방충제를 사고 있었어." 해리가 얼른 대답했다.

세 사람 모두 한동안 아무 말도 하지 않았다. 오랜 침묵 끝에 헤르미온느가 망설이는 목소리로 가장 곤란한 질문을 입에 올렸다. "해그리드한테 가서 모든 걸 물어봐야 할까?"

"그것 참 화기애애하겠네." 론이 말했다. "안녕하세요, 해그리드. 있잖아요, 최근에 정신 나간 털북숭이를 성에 풀어놓으셨나요?"

결국 그들은 또 한 번 습격이 있기 전에는 해그리드에게 아무 말 하지 않기로 결정했다. 형체 없는 목소리의 속삭임이 들리지 않는 날이 계속되면서, 해그리드에게 퇴학당한 이유를 물을 일은 결코 없을 거라는 희망도 생겼다. 저스틴과 목이 달랑달랑한 닉이 석화된 지도 거의 4개월이 되었다. 대부분의 사람들은 습격한 자가 누구인지는 몰라도 그런 짓을 영원히 그만뒀다고 생각하는 것 같았다. 피브스는 마침내 '오 포터, 너 이 폭도야' 어쩌고 하는 노래에 싫증 났고, 어니 맥밀런은 어느 날 약초학 수업 시간에 제법 정중한 태도로 해리에게 폴짝폴짝 뛰는 독버섯 한 양동이를 건네 달라고 부탁했으며, 3월에는 맨드레이크 몇 포기가 3번 온실에서 시끄럽고 요란한 파티를 열기도 했다. 스프라우트 교수는 매우 기뻐했다.

"맨드레이크들이 서로의 화분으로 옮겨 가려 하기 시작하면 녀석들이 완전히 자랐다는 뜻이야." 그녀가 해리에게 말했다. "그러면 병동에 있는 그 가엾은 사람들을 치료할 수 있을 거다."

2학년들에게는 부활절 연휴 동안 새로운 생각 거리가 주어졌다. 3학년 때 들을 과목을 선택할 시간이 온 것인데, 적어도 헤르미온느에게는 굉장히 심각한 문제였다.

"우리의 미래 전체를 좌우할 수 있는 문제야." 해리와 론이 새로운 과목 목록을 보며 체크 표시를 하고 있을 때 헤르미온느가 말했다.

"그냥 마법약을 뺐으면 좋겠다." 해리가 말했다.

"그럴 수 없어." 론이 우울하게 말했다. "예전 과목들은 그대로 들어야 해. 아니면 난 어둠의 마법 방어법을 뺐을 거야."

"하지만 그 과목은 정말 중요하잖아!" 헤르미온느가 충격을 받아서 말했다.

"록하트가 가르치는 방식대로라면 아니지." 론이 말했다. "픽시를 풀어놔선 안 된다는 것 말고는 그 사람한테 배운 게 없잖아."

네빌 롱보텀은 집안의 모든 마법사들에게서 편지를 받았는데, 다들 무슨 과목을 선택할지 서로 다른 조언을 하고 있었다. 그는 혼란과 걱정에 휩싸여 혀를 빼물고 앉아 새로운 과목 목록을 읽으면서, 사람들에게 숫자점이 고대 룬문자 연구보다 어려울 것 같은지 물었다. 해리처럼 머글들과 함께 어린 시절을 보낸 딘 토머스는 결국 눈을 감고 마법 지팡이로 목록을 쿡 찔러 지팡이가 짚은 과목을 선택했다. 헤르미온느는 누구의 조언도 듣지 않고 모든 과목을 신청했다.

해리는 마법사 세계에서의 진로를 상의하려고 하면 버넌 이모부와 피튜니아 이모가 뭐라고 할까 하고 생각해 보다가 혼자 우울하게 미소 지었다. 그렇다고 아무런 조언도 받지 못한 건 아니었다. 퍼시 위즐리가 열정적으로 본인의 경험을 나누고 싶어 했으니까.

"네가 무슨 일을 *하고 싶으냐*에 따라 달라지는 거야, 해리." 퍼시가 말했다. "나라면 점술 과목을 추천하겠어. 미래에 대해서는 아무리 일찍 생각해도 결코 이르지 않으니까. 어떤 사람들은 머글 연구가 안이한 선택이라고 하지만 나는 개인적으로 마법사들이 비마법 사회에 대한 철저한 이해를 갖추어야 한다고 생각해. 특히 그들과 밀접한 관계를 맺으며 일할 생각이라면 말이야. 우리 아버지를 봐. 언제나 머글 관련 일을 처리하셔야 하잖아. 우리 형 찰리는 원래 바깥 활동이 잘 맞는 타입이라 마법 생명체 돌보기 과목에 열을 올렸지. 네 장점을 살리면 돼, 해리."

하지만 해리가 정말로 잘한다고 느끼는 건 퀴디치뿐이었다. 결국 그는 론과 같은 과목을 선택했다. 자신이 그 과목에서 아무리 형편없는 실력을 보인대도 최소한 옆에서 도와줄 친구가 있어야 한다는 생각 때문이었다.

그리핀도르의 다음번 퀴디치 시합 상대는 후플푸프였다. 우드가 매일 저녁 식사 후 야간 팀 훈련을 해야 한다고 고집을 피웠으므로, 해리는 퀴디치와 숙제 외에 다른 일을 할 시간이 거의 없었다. 그래도 최소한 비는 오지 않았기에 훈련하기는 조금씩 좋아졌다. 토요일 시합 전날 저녁, 해리는 그리핀도르가 퀴디치 우승컵을 차지할 가능성이 어느 때보다 높다고 생각하며 빗자루를 갖다 놓으려고 기숙사 침실로 올라갔다.

하지만 유쾌한 기분은 그리 오래가지 않았다. 침실로 향하는 계단 꼭대기에서 그는 제정신이 아닌 것 같은 네빌 롱보텀을 만났다.

"해리, 누가 저런 짓을 했는지 모르겠어. 내가 방금 발견했는데……."

네빌은 잔뜩 겁먹은 눈으로 해리를 보면서 침실 문을 열었다.

해리의 짐 가방에 들어 있던 물건들이 사방에 팽개쳐진 채였다. 망토는 찢겨서 바닥에 널브러져 있었다. 침대보는 벗겨져 있고, 침대 옆 보관함 서랍은 열려 있었으며, 그 안에 있던 물건들은 매트리스 위에 흩어져 있었다.

해리는 입을 떡 벌린 채 《트롤과의 일상 탈출》에서 떨어져 나온 페이지 몇 장을 밟으며 침대로 다가갔다.

그와 네빌이 이불을 다시 침대 위로 끌어 올리는 사이 론, 딘, 셰이머스가 들어왔다. 방 안의 광경을 본 딘이 큰 소리로 욕설을 내뱉었다.

"무슨 일이야, 해리?"

"모르겠어." 해리가 말했다. 하지만 론은 해리의 로브를 살펴보고 있었다. 주머니란 주머니는 다 뒤집혀 있었다.

"누가 뭘 찾았나 본데." 론이 말했다. "없어진 거 있어?"

해리는 물건을 하나하나 주워서 짐 가방에 던져 넣기 시작했다. 마지막으로 록하트의 책을 가방에 도로 넣은 다음에야 그는 무엇이 없어졌는지 알아차렸다.

"리들의 일기장이 사라졌어." 그가 목소리를 낮추고 론에게 말했다.

"*뭐?*"

해리가 침실 문 쪽으로 고개를 까닥이자 론은 그를 따라 밖으로 나왔다. 그들은 반쯤 비어 있는 그리핀도르 휴게실로 허겁지겁 내려가, 홀로 앉아 《쉽게 익히는 고대 룬문자》라는 책을 읽고 있던 헤르미온느 곁에 앉았다.

헤르미온느는 그들의 말을 듣고 깜짝 놀란 것 같았다.

"하지만, 훔칠 수 있는 건 그리핀도르 학생뿐이잖아. 우리 암호를 아는 사람은 아무도 없을 텐데……."

"바로 그거야." 해리가 말했다.

다음 날 그들은 눈부신 햇살과 가볍고 상쾌한 산들바람을 맞으며 잠에서 깼다.

"퀴디치를 하기에 완벽한 날이야!" 우드가 그리핀도르 식탁에서 선수들의 접시에 스크램블드에그를 담아 주며 열정적으로 말했다. "해리, 기운 내. 넌 아침을 잘 먹어야 돼."

해리는 사람들로 가득 찬 그리핀도르 식탁을 뚫어지게 바라보며, 리들 일기장의 새로운 주인이 눈앞에 있을지 궁금해하고 있었다. 헤르미온느가 도난 신고를 하라고 재촉했지만 해리는 그렇게 하고 싶지 않았다. 교수한테 일기장 얘기를 모두 털어놓아야 할 텐데, 이 학교에서 해그리드가 50년 전에 왜 퇴학당했는지 아는 사람이 몇 명이나 되겠는가? 해리는 그 모든 얘기를 다시 끄집어내는 사람이 되고 싶지 않았다.

해리가 론, 헤르미온느와 함께 대연회장을 나서서 퀴디치 용품을 가지러 가는데, 안 그래도 늘어 가는 해리의 걱정 목록에 또 한 가지 매우 심각한 걱정거리가 더해졌다. 대리석 계단에 막 발을 디뎠을 때 다시 그 소리가 들려왔던 것이다. "이번엔 죽인다…… 가죽을 벗기고…… 갈기갈기 찢어서……."

해리가 큰 소리로 비명을 지르자 론과 헤르미온느는 화

들짝 놀라며 그에게서 떨어졌다.

"그 목소리야!" 해리가 어깨 너머를 돌아보며 말했다. "방금 다시 들렸어……. 너희는 못 들었어?"

론은 눈을 크게 뜨고 고개를 저었다. 반면 헤르미온느는 자기 이마를 탁 쳤다.

"해리, 방금 뭔가 알아낸 것 같아! 도서관에 가야겠어!"

헤르미온느는 계단을 올라 전속력으로 멀어져 갔다.

"뭘 알아냈다는 거지?" 해리가 말했다. 그는 정신이 팔린 채 계속 주위를 둘러보면서 그 목소리가 어디에서 들려왔는지 알아내려 애쓰고 있었다.

"뭐든 나보단 많이 알겠지." 론이 고개를 설레설레 저으며 말했다.

"그런데 도서관에는 왜 가야 한다는 거야?"

"그게 헤르미온느가 하는 일이잖아." 론이 어깨를 으쓱하며 말했다. "의문이 생기면 일단 도서관에 간다."

해리는 우물쭈물하고 서서 다시 목소리를 들어 보려고 했다. 하지만 어느새 등 뒤 대연회장에서 사람들이 몰려 나오더니 큰 소리로 떠들면서 정문을 지나 퀴디치 경기장으로 향했다.

"슬슬 가는 게 좋겠어." 론이 말했다. "11시 다 됐어. 경기 시작하겠다."

해리는 그리핀도르 탑을 달려 올라가 님부스 2000을 챙겨 들고 잔디밭을 지나는 사람들 무리에 끼었지만 생각은 여전히 성안에, 형체 없는 목소리에 머물러 있었다. 탈의실에서 진홍색 로브를 걸치면서도 그는 지금 모두가 경기를 보러 밖에 나와 있다는 사실에 안도할 뿐이었다.

양 팀 선수들이 떠들썩한 갈채를 받으며 경기장에 나왔다. 올리버 우드가 준비운동 삼아 골대 주위를 날았고 후치 선생은 공을 풀어놓았다. 샛노란 경기복을 입은 후플푸프 선수들은 다닥다닥 붙어 서서 마지막 작전 회의를 하고 있었다.

해리가 막 빗자루에 오르려는데 맥고나걸 교수가 어마어마하게 큰 자주색 확성기를 든 채 반쯤은 걷고 반쯤은 뛰듯이 경기장을 가로질러 왔다.

해리는 가슴이 철렁 내려앉는 것을 느꼈다.

"이번 경기는 취소됐습니다." 맥고나걸 교수가 확성기를 입에 대고 사람들로 빽빽한 경기장을 향해 소리쳤다. 야유와 고함이 쏟아졌다. 올리버 우드는 크게 충격받은 얼굴로 내려오더니 빗자루를 탄 채 맥고나걸 교수에게 질주해 갔다.

"하지만, 교수님!" 우드가 소리쳤다. "저희는 경기를 해야만 합니다…… 우승컵이…… *그리핀도르가*…….”

맥고나걸 교수는 그를 무시한 채 확성기에 대고 계속 외쳤다. “학생들은 모두 기숙사 휴게실로 돌아가세요. 거기에서 각 기숙사 담임 교수님들이 자세한 상황을 전할 겁니다. 가능한 한 빨리 움직이도록 하세요!”

그러더니 그녀는 확성기를 내리고 해리를 손짓해 불렀다. “포터, 너는 나랑 같이 가는 게 좋겠다…….”

어떻게 이번에도 자기를 의심할 수 있는지 궁금해하던 해리는 론이 툴툴거리는 사람들 무리에서 빠져나오는 것을 보았다. 론은 성을 향하는 두 사람에게 달려왔다. 놀랍게도 맥고나걸 교수는 론을 돌려보내지 않았다.

“그래, 너도 같이 가는 게 좋겠다, 위즐리.”

주위에 몰려 있던 학생들 중 몇몇은 경기가 취소된 것에 투덜거렸고, 또 다른 학생들은 걱정스러운 얼굴을 하고 있었다. 해리와 론은 맥고나걸 교수를 따라 다시 성으로 들어가 대리석 계단을 올라갔다. 하지만 이번에 도착한 곳은 어느 누구의 연구실도 아니었다.

“조금 놀랄 거다.” 다름 아닌 병동을 향해 가면서 맥고나걸 교수가 놀랄 만큼 부드러운 목소리로 말했다. “또 다른 습격이 있었어……. 또 두 명이 습격당했다.”

해리의 심장이 끔찍하게 요동쳤다. 맥고나걸 교수가 병동 문을 열자 해리와 론은 안으로 들어갔다.

폼프리 선생이 긴 곱슬머리의 6학년 여학생 위로 몸을 기울이고 있었다. 해리는 그 여학생을 알아보았다. 해리와 론이 실수로 슬리데린 휴게실로 가는 길을 물었던 래번클로 학생이었다. 그리고 옆 침대에는……

"헤르미온느!" 론이 신음했다.

헤르미온느는 눈을 멀겋게 뜨고 누운 채 전혀 움직이지 않았다.

"도서관 근처에서 발견됐다." 맥고나걸 교수가 말했다. "너희 중 누구도 이것에 대해 설명할 수 없겠지? 이 아이들 옆에 떨어져 있었는데……."

그녀는 작고 동그란 거울을 들어 보였다.

해리와 론 둘 다 헤르미온느를 뚫어지게 바라보며 고개를 저었다.

"너희를 그리핀도르 탑에 데려다주마." 맥고나걸 교수가 무거운 어조로 말했다. "어쨌거나 나도 가서 학생들한테 말해 줘야 하니까."

"모든 학생은 저녁 6시까지 각자의 기숙사 휴게실로 돌

아와야 합니다. 어떤 학생도 그 시각 이후 기숙사를 떠나서
는 안 됩니다. 학생들은 매 수업 교수님 한 분이 인솔할 거
예요. 어떤 학생도 교수님을 동반하지 않고 화장실에 가서
는 안 됩니다. 이후 퀴디치 훈련과 시합은 모두 연기될 겁
니다. 더 이상의 야간 활동은 없습니다."

그리핀도르 학생들은 휴게실에 빽빽이 모여서 조용히 맥
고나걸 교수의 말에 귀를 기울였다. 맥고나걸 교수가 읽고
있던 양피지를 다시 말아 올리고 목이 메는 듯한 소리로 말
을 이었다. "내가 이렇게까지 괴로웠던 적이 없다는 얘기는
굳이 할 필요도 없겠지요. 이런 습격을 감행한 범인이 잡히
지 않는다면 학교가 문을 닫을지도 모릅니다. 습격에 대해
뭐라도 알고 있는 학생들은 누구든 나서 주길 바랍니다."

그녀가 조금 어색하게 초상화 구멍으로 나가자마자 그리
핀도르 학생들이 여기저기에서 입을 열기 시작했다.

"이걸로 그리핀도르의 유령을 빼더라도 그리핀도르 학생
이 두 명이나 당했어. 그리고 래번클로 한 명에, 후플푸프
한 명." 위즐리 쌍둥이의 친구인 리 조던이 손가락을 꼽으
며 말했다. "슬리데린 애들만 무사하다는 걸 알아차린 선
생은 아무도 없는 건가? 이게 다 슬리데린 짓인 게 *뻔하잖
아*? 슬리데린의 후계자, 슬리데린의 *괴물*. 왜 슬리데린 애

들을 전부 쫓아내지 않는 거지?" 그가 소리치자 아이들은 고개를 끄덕거리거나 띄엄띄엄 박수를 쳤다.

퍼시 위즐리는 리 뒤에 있는 의자에 앉아 있었는데, 이번 만은 자신의 견해를 들려줄 생각이 없는 듯했다. 그는 창백 하고 멍해 보였다.

"퍼시는 충격을 받았어." 조지가 해리에게 조용히 말했 다. "그 래번클로 여자애, 페넬러피 클리어워터 말이야. 걔 가 반장이거든. 퍼시는 괴물이 감히 반장을 공격할 거라곤 생각 안 했겠지."

하지만 해리는 그 말을 제대로 듣고 있지 않았다. 그는 돌 조각상처럼 병동 침대에 누워 있는 헤르미온느의 모습 을 머릿속에서 떨쳐 내지 못할 것 같았다. 게다가 빨리 범 인이 잡히지 않으면 다시 더즐리 가족과 평생을 보내야 할 판이었다. 톰 리들은 학교가 폐쇄될 경우 머글 고아원에 가 야 할 상황이었기에 해그리드를 고발했다. 해리는 이제 그 가 어떤 기분이었을지 확실히 알 것 같았다.

"어쩌지?" 론이 해리의 귀에 대고 조용히 물었다. "사람 들이 해그리드를 의심하는 것 같아?"

"가서 해그리드랑 얘기해 봐야겠어." 해리가 결단을 내 리고 말했다. "이번 일이 해그리드 짓이라고 생각하진 않지만, 먼젓번에 괴물을 풀어놓은 사람이 해그리드였다면 비밀의 방에 들어가는 방법도 알고 있을 거야. 거기서부터 시작이야."

"하지만 맥고나걸이 수업 시간이 아닐 땐 탑에 있어야 한 다고……."

"내 생각엔" 하고, 해리가 더욱 나직한 목소리로 말을 이 었다. "우리 아빠의 오래된 망토를 다시 꺼낼 때인 것 같아."

해리는 아버지에게서 딱 한 가지를 물려받았다. 은빛이 도는 긴 투명 망토였다. 그들이 아무도 모르게 학교 건물 을 빠져나가 해그리드를 만날 길은 그것밖에 없었다. 그들 은 평소와 같은 시간에 잠자리에 들어 네빌, 딘, 셰이머스 가 비밀의 방 얘기를 멈추고 마침내 잠들 때까지 기다렸다 가 일어나서 옷을 갈아입고 투명 망토를 뒤집어썼다.

이 시간에 어두운 성 복도를 걸어가는 길은 결코 즐겁지 않았다. 해리는 예전에도 몇 차례 한밤중에 성을 돌아다닌 적이 있지만, 해가 진 뒤에 성안이 이렇게까지 붐비는 건 한 번도 본 적이 없었다. 교수들, 반장들, 유령들이 둘씩 짝 지어 복도를 돌아다니면서 조금이라도 평소와 다른 움직 임이 있는지 주위를 살피고 있었다. 투명 망토가 소리까지 가려 주지는 않았으므로, 스네이프가 지키고 선 곳에서 고작 몇 미터 떨어진 데서 론이 발가락을 찧었을 때는 유독 긴장감이 흘렀다. 론이 욕설을 내뱉은 것과 거의 동시에 스네이프가 재채기를 해서 다행이었다. 둘은 오크나무 정문에 다다라 살며시 문을 열고 나와서야 한시름 놓을 수 있었다.

맑고 별이 총총한 밤이었다. 그들은 해그리드의 불 켜진 오두막 창문을 향해 서둘러 걸어가 현관 바로 앞에 도착해서야 망토를 벗었다.

문을 두드리고 얼마 후 해그리드가 문을 벌컥 열었다. 해그리드는 그들에게 석궁을 겨누고 있었고 그의 뒤에서는 사냥개 팽이 시끄럽게 짖어 댔다.

"아." 해그리드가 무기를 내리고 그들을 바라보며 물었다. "너희 둘 여기서 뭐 하냐?"

"그걸로 뭐 하시려고요?" 해리가 안으로 들어가면서 석궁을 가리키며 물었다.

"아냐…… 아무것도." 해그리드가 웅얼거렸다. "나는 혹시…… 별일 아니다……. 앉아……. 차를 끓여 주마……."

해그리드는 자기가 뭘 하고 있는지도 모르는 듯했다. 주전자의 물을 쏟아 불을 꺼뜨릴 뻔하더니, 긴장한 탓에 커다란 손을 확 움직이다가 찻주전자를 박살 내 버렸다.

"괜찮아요, 해그리드?" 해리가 물었다. "헤르미온느 얘기 들으셨어요?"

"아, 들었다. 들었지." 해그리드가 살짝 갈라진 목소리로 대답했다.

그는 끊임없이 초조하게 창문을 힐끔거렸다. 그가 커다란 머그잔에 끓는 물을 따라 둘에게 주고(티백 넣는 것을 잊어버렸다) 막 과일 케이크 한 조각을 접시에 올려놓으려는데 문 두드리는 소리가 요란하게 울렸다.

해그리드가 과일 케이크를 떨어뜨렸다. 해리와 론은 겁에 질린 눈길을 주고받은 다음 투명 망토를 다시 뒤집어쓰고 구석으로 물러났다. 해그리드는 그들이 숨은 걸 확인한 뒤 석궁을 집어 들고 다시 한 번 문을 벌컥 열었다.

"잘 있었나, 해그리드."

덤블도어였다. 그는 매우 심각한 표정으로 안으로 들어왔고, 뒤이어 굉장히 괴상한 차림새의 남자가 따라 들어왔다.

그 낯선 사람은 키가 작고 약간 뚱뚱했으며 헝클어진 회색 머리카락에 얼굴에는 불안한 표정을 짓고 있었다. 옷을 이상하게 조합해 입은 모양새였다. 가는 세로줄무늬 정장에 진홍색 넥타이, 긴 검은색 망토와 뾰족한 자주색 부츠.

옆구리에는 연두색 중산모자를 끼고 있었다.

"우리 아빠 직장 상사야!" 론이 숨죽인 채 말했다. "코닐리어스 퍼지, 마법 정부 총리!"

해리는 팔꿈치로 론을 쿡 찔러 그가 입을 다물게 했다.

해그리드는 얼굴이 창백해져서 땀을 뻘뻘 흘렸다. 그는 의자에 털썩 주저앉아 덤블도어와 코닐리어스 퍼지를 번갈아 보았다.

"곤란하게 됐네, 해그리드." 퍼지가 딱 부러지는 말투로 말했다. "아주 곤란해. 여기 올 수밖에 없었네. 머글 태생을 노린 습격 사건이 네 건이나 발생하다니. 사태가 걷잡을 수 없게 됐어. 정부가 나서야 했네."

"저는 절대 아닙니다." 해그리드가 애원하듯 덤블도어를 보며 말했다. "제가 한 짓이 결코 아니라는 걸 아시잖아요, 덤블도어 교수님……."

"이 점을 이해해 줬으면 좋겠소만, 코닐리어스. 나는 해그리드를 전적으로 믿는다오." 덤블도어가 퍼지를 향해 얼굴을 찌푸리며 말했다.

"이보시오, 알버스." 퍼지가 언짢은 듯 대꾸했다. "해그리드는 전력이 있잖습니까. 정부 입장에서는 뭐라도 해야 하고. 학교 이사들과 연락 중이라오."

"코닐리어스, 다시 한 번 분명히 말하지만 이 상황에서 해그리드를 데려가는 건 조금도 도움이 되지 않을 거요." 덤블도어가 말했다. 그의 푸른 눈이 저렇듯 불길로 이글거리는 모습을 해리는 지금껏 한 번도 본 적이 없었다.

"내 입장도 생각해 주시오." 퍼지가 모자를 만지작거리며 말했다. "나는 엄청난 압력을 받고 있어요. 뭐라도 하고 있다는 걸 보여 줘야 한단 말이오. 범인이 아닌 게 밝혀지면 해그리드는 돌아올 거고 더 이상 아무 말도 나오지 않을 거요. 하지만 난 해그리드를 데려가야 합니다. 그래야만 하오. 내 임무를 다하려면……."

"저를 데려간다고요?" 해그리드가 부들부들 떨면서 물었다. "어디로요?"

"오래 걸리진 않을 걸세." 퍼지가 해그리드와 눈을 마주치지 않은 채 말했다. "형벌이 아니네, 해그리드. 예방 조치일 뿐이지. 다른 사람이 잡히면 자네는 사과를 받고 풀려날 거야……."

"아즈카반은 아니죠?" 해그리드가 쉰 목소리로 물었다.

퍼지가 대답하기도 전에 또 한 차례 요란하게 문을 두드리는 소리가 들렸다.

덤블도어가 문을 열러 갔다. 이번에는 해리가 다 들리게

혁 소리를 내다가 옆구리를 찔렸다.

루시우스 말포이 씨가 해그리드의 오두막 안으로 성큼성큼 들어왔다. 그는 긴 검은색 여행용 망토로 몸을 감싼 채 차갑고 만족스러운 미소를 짓고 있었다. 팽이 으르렁거리기 시작했다.

"벌써 와 계셨습니까, 퍼지." 그가 흡족한 듯 말했다. "좋군요, 좋아……."

"댁이 여기엔 웬일이야?" 해그리드가 화를 내며 말했다. "내 집에서 나가!"

"이봐, 확실히 말하는데 나도 이런 데 들어와 있는 게 전혀 즐겁지 않아. 당신의, 어…… 당신은 이걸 집이라고 부르나?" 루시우스 말포이가 작은 오두막을 둘러보며 비웃듯 말했다. "나는 다만 학교에 들렀다가 교장 선생님이 여기에 계시다는 말을 듣고 왔을 뿐이야."

"나를 찾은 이유가 뭔가, 루시우스?" 덤블도어가 물었다. 정중한 말투였으나 푸른 눈에는 여전히 불길이 타오르고 있었다.

"끔찍한 일입니다만, 덤블도어." 말포이가 기다란 양피지 두루마리를 꺼내며 느릿느릿 말했다. "이사들은 당신이 물러설 때라고 여기고 있소. 이건 정직 명령서요. 이사 열두 명 전원의 서명을 볼 수 있을 거요. 유감이지만 우리가 느끼기에 당신은 감을 잃어 가고 있소. 지금까지 습격이 몇 번이나 있었소? 오늘 오후에만 두 번 아니오? 이런 속도라면 호그와트에 머글 태생은 한 명도 남지 않게 될 거요. 그것이 학교에 엄청난 손실이라는 건 우리 모두 알고 있지요."

"아, 저기, 이보게, 루시우스." 퍼지가 놀란 얼굴로 나섰다. "정직이라니…… 안 되네, 안 돼……. 지금 우리가 결코 해선 안 되는 일이 바로……."

"교장의 임명 또는 정직은 이사들의 소관입니다, 퍼지." 말포이 씨가 번드르르한 어조로 말했다. "그리고 덤블도어는 이 습격들을 막는 데 실패했으므로……."

"이것 보게, 루시우스. 덤블도어가 이 일을 막을 수 없다면……." 퍼지가 말했다. 이제는 윗입술로 땀이 흘러내리고 있었다. "그러니까, 누가 막을 수 있겠나?"

"그야 두고 볼 일이죠." 말포이 씨가 고약한 미소를 지으며 말했다. "그러나 우리 열두 명 모두가 투표로 결정했으니……."

해그리드가 벌떡 일어나자 그의 덥수룩한 검은 머리가 천장에 쓸렸다.

"몇 명이나 위협하고 협박해서 그 동의를 얻어 냈나, 말
포이? 응?" 그가 으르렁거리듯 말했다.

"이런이런, 조만간 그 성질머리 때문에 곤란해질 거야,
해그리드." 말포이 씨가 말했다. "충고하는데, 아즈카반의
간수들한테는 그렇게 소리치지 않는 게 좋아. 그자들은 그
런 걸 전혀 좋아하지 않거든."

"덤블도어 교수님을 쫓아낼 수는 없어!" 해그리드가 소
리쳤다. 사냥개 팽이 바구니 안에서 몸을 웅크리고 끼끼거
렸다. "덤블도어 교수님을 쫓아내면 머글 태생들한테는 희
망이 전혀 없다고! 다음번에는 살인이 일어날 거야!"

"진정하게, 해그리드." 덤블도어가 날카롭게 말했다. 그
는 루시우스 말포이를 바라보았다.

"이사들이 나의 해임을 원한다면, 루시우스, 당연히 물러
서겠네."

"하지만……." 퍼지가 말을 더듬었다.

"*안 돼요!*" 해그리드가 으르렁거렸다.

덤블도어는 그 밝은 푸른색 눈을 루시우스 말포이의 차
가운 회색 눈에서 떼지 않았다.

"그러나……." 덤블도어는 그들 중 누구도 단어 하나 놓
치지 않게 하려는 듯 아주 느리고 분명하게 말했다. "자네

는 내가 진정으로 이 학교를 떠나는 건 내게 충실한 이가 한 명도 없게 될 때뿐이라는 걸 알게 될 걸세. 또한 호그와트에서는 도움을 요청하는 사람에게 언제나 도움이 주어지리란 것도 알게 될 테고."

짧은 순간 해리는 덤블도어가 그와 론이 숨어 있는 구석을 향해 눈을 깜빡였다고 확신했다.

"감동적인 퇴임사로군." 말포이 씨가 꾸벅 허리를 숙이며 말했다. "우리 모두 그리워할 거요. 당신의, 어…… 굉장히 독창적인 운영 방식을 말이오, 알버스. 그리고 당신의 후임자가 그 어떤, 음…… '살인'도 막을 수 있기를 바랄 뿐이오."

그는 성큼성큼 걸어가 오두막 문을 열더니 허리를 구부리며 덤블도어를 밖으로 내보냈다. 퍼지는 모자를 만지작거리며 해그리드가 먼저 나가기를 기다렸으나, 해그리드는 그 자리에 그대로 서서 심호흡을 하더니 조심스럽게 입을 열었다. "누구든 뭔가를 찾아내고 싶다면 거미를 따라가면 됩니다. 거미들이 옳은 길로 인도해 줄 거예요! 내가 하고 싶은 말은 그것뿐입니다."

퍼지는 놀란 듯 그를 빤히 쳐다보았다.

"알겠어요, 갑니다." 해그리드가 두더지 가죽 외투를 입으며 말했다. 하지만 그는 퍼지를 따라 문을 나서려던 참에 다시 멈춰 서서 큰 소리로 말했다. "내가 없는 동안 누가 팽한테 밥을 줘야 할 텐데요."

문이 쾅 닫히자 론이 투명 망토를 벗었다.

"이제 큰일 났어." 그가 쉰 목소리로 말했다. "덤블도어를 데려가다니. 오늘 밤 학교를 폐쇄하는 게 나을지도 몰라. 덤블도어가 없으니 이제 하루에 한 번씩 습격이 일어날걸."

팽이 닫힌 문을 긁으며 울부짖기 시작했다.

15장

아라고그

성안 교정으로 여름이 찾아들고 있었다. 하늘과 호수 모
두 연한 파란색으로 변했고, 온실에는 양배추만 한 꽃들이
활짝 피었다. 그러나 뒤를 졸졸 따르는 팽을 데리고 교정을
성큼성큼 돌아다니는 해그리드가 없는 창밖 풍경은 해리
의 눈에 정상적으로 보이지 않았다. 정말이지 모든 것이 엉
망진창인 성안 풍경보다도 나을 게 없었다.

해리와 론은 헤르미온느를 만나러 가려고 했지만 이제
병동에서는 병문안이 금지되었다.

"더 이상 위험을 무릅쓸 수는 없어." 폼프리 선생이 병동
문틈으로 엄격하게 말했다. "안 된다. 미안하지만 범인이
이 아이들을 끝장내러 올 수도 있으니까……."

덤블도어가 없으니 전에 없는 공포가 번져 나갔고, 그 바람에 성벽에 내리쬐는 태양도 기둥 달린 창문 앞에서 그만 가로막히는 것 같았다. 학교에서는 걱정하거나 긴장하는 표정을 짓지 않는 얼굴을 거의 찾아볼 수 없었고, 복도에 울려 퍼지는 웃음소리는 날카롭고 부자연스러웠으며 그나마도 금방 그쳤다.

해리는 덤블도어의 마지막 말을 계속 곱씹어 보았다. '내가 진정으로 이 학교를 떠나는 건 내게 충실한 이가 한 명도 없게 될 때뿐이라는 걸……. 호그와트에서는 도움을 요청하는 사람에게 언제나 도움이 주어지리란 것도…….' 하지만 이런 말이 무슨 도움이 된단 말인가? 모두가 똑같이 혼란스러워하고 두려워하는 이때, 정확히 누구에게 도움을 청하라는 걸까?

거미에 관한 해그리드의 힌트는 훨씬 이해하기 쉬웠다. 문제는, 따라갈 만한 거미가 성안에 한 마리도 남아 있지 않은 것처럼 보인다는 것이었다. 해리는 (상당히 꺼림칙해하는) 론과 함께 가는 곳마다 주의 깊게 살펴보았다. 물론 혼자 다니는 게 허용되지 않고 다른 그리핀도르 학생들과 무리 지어 다녀야 한다는 점이 방해가 되기는 했다. 다른 친구들은 대부분 교수들에게 이 교실에서 저 교실로 양 떼처럼 이끌려 다닐 수 있어 다행이라고 여기는 듯했지만 해리는 꽤 성가셨다.

그러나 한 사람만은 공포와 의심의 분위기를 철저히 즐기는 듯했다. 드레이코 말포이는 방금 남학생 회장으로 뽑히기라도 한 것처럼 으스대며 학교를 활보하고 다녔다. 해리는 말포이가 무엇 때문에 그토록 즐거워하는지 알지 못하다가, 덤블도어와 해그리드가 학교를 떠나고 보름 뒤에 있었던 마법약 수업 시간에 말포이 바로 뒤에 앉아 고소하다는 듯 크래브와 고일에게 떠들어 대는 얘기를 우연히 들었다.

"난 예전부터 덤블도어를 쫓아내는 사람은 우리 아버지일 거라고 생각했어." 말포이가 굳이 목소리를 낮추지도 않고 말했다. "전에도 말했지만 우리 아버지는 덤블도어가 이 학교 역대 최악의 교장이라고 생각하시거든. 어쩌면 이제 괜찮은 교장이 올지도 몰라. 비밀의 방이 닫히길 *바라지* 않는 사람 말이야. 맥고나걸도 오래 버티지 못할 거야. 그냥 자리나 때우는 거니까……."

스네이프는 헤르미온느의 빈자리와 빈 솥에 대해 아무 말도 하지 않고 해리 옆을 지나쳤다.

"교수님." 말포이가 큰 소리로 말했다. "교수님이 교장

자리에 지원하시는 건 어떠세요?"

"자자, 말포이." 스네이프가 가느다란 입술에 떠오르는 미소를 억누르지 못하고 말했다. "덤블도어 교수님은 이사들에 의해 정직을 당하셨을 뿐이야. 머잖아 돌아오실 거다."

"네, 그렇겠죠." 말포이가 히죽 웃으며 말했다. "제 생각에 우리 아버지는 교수님한테 투표하실 거예요. 교수님이 교장 자리에 지원하신다면요. *제가* 아버지한테 여기 교수들 중 교수님이 가장 훌륭한 분이라고 말씀드릴게요⋯⋯."

다행히 스네이프는 히죽거리며 지하 감옥을 휩쓸고 돌아다니느라, 솥 안에다 토하는 시늉을 하던 셰이머스 피니건을 보지 못했다.

"머드블러드들이 아직도 짐을 싸지 않았다니 참 놀라워." 말포이가 말을 이었다. "다음 녀석은 죽는다는 데 5갈레온 건다. 그게 그레인저가 아닌 건 아쉽지만⋯⋯."

그 순간 종이 울려서 다행이었다. 말포이의 마지막 말을 듣고 론이 의자에서 벌떡 일어났음에도, 가방과 책을 챙기느라 소란이 일어난 덕분에 그가 말포이에게 달려들려는 것을 아무도 알아채지 못했기 때문이다.

"말리지 마." 론이 해리와 딘에게 양팔을 붙들린 채 으르렁거렸다. "상관없어, 마법 지팡이도 필요 없어. 내가 맨손으로 저 자식 죽여 버릴 거야."

"서두르도록. 내가 너희 모두를 약초학 수업에 데려다주어야 하니까." 스네이프가 학생들 머리 너머로 소리쳤다. 학생들은 두 명씩 줄을 서서 교실을 떠났다. 해리, 론, 딘이 맨 끝에 섰는데, 론은 여전히 둘에게서 빠져나오려 애쓰고 있었다. 두 사람은 스네이프가 학생들을 성 밖까지 데려간 다음에야 안심하고 론을 놔줄 수 있었다. 그들은 채소밭을 가로질러 온실로 향했다.

저스틴과 헤르미온느가 없어 학생이 둘이나 줄어든 약초학 수업 분위기는 매우 가라앉아 있었다.

스프라우트 교수는 모두에게 아비시니아 쪼글쪼글 무화과의 가지치기 작업을 하게 했다. 해리는 시든 가지 한 아름을 비료 더미에 쏟아부으러 갔다가 어니 맥밀런과 마주쳤다. 어니는 한 차례 숨을 깊게 들이쉬더니 제법 정중하게 말했다. "그냥 이 얘기를 하고 싶었어, 해리. 너를 의심해서 미안해. 네가 결코 헤르미온느 그레인저를 공격할 리 없다는 걸 알아. 내가 했던 말 전부 사과할게. 이제 우리 모두 한배를 탔으니까, 뭐……."

그가 통통한 손을 내밀자 해리는 그 손을 잡았다.

어니와 그의 친구 해너가 해리, 론이 작업하고 있는 쪼글

쪼글 무화과에 가지치기를 하러 왔다.

"그 드레이코 말포이 녀석 말이야." 어니가 죽은 잔가지를 부러뜨리며 말했다. "걔는 이 모든 일을 재밌어하는 것 같더라? 있지, 내 생각엔 *걔가* 슬리데린의 후계자인 것 같아."

"똑똑하기도 하지." 론이 이죽거렸다. 그는 해리처럼 선뜻 어니를 용서하지 못하는 것 같았다.

"너도 말포이라고 생각해, 해리?" 어니가 물었다.

"아니." 해리가 말했다. 너무나 단호한 대답에 어니와 해너가 그를 뚫어지게 바라보았다.

잠시 후, 해리는 뭔가를 발견하고 정원용 가위로 론의 손을 툭 쳤다.

"아얏! 너 무슨……."

해리는 1미터쯤 떨어진 땅바닥을 가리켰다. 커다란 거미 몇 마리가 땅 위를 빠르게 기어가고 있었다.

"아, 그래." 론은 억지로 기쁜 표정을 지어 보이려고 애쓰다가 실패했다. "하지만 지금 따라갈 수는 없잖아……."

어니와 해너가 궁금한 얼굴로 귀를 기울이고 있었다.

해리는 도망치는 거미들을 지켜보았다.

"금지된 숲으로 가는 것 같은데……."

론은 그 말에 더욱 괴로운 표정이 되었다.

수업이 끝나자 스프라우트 교수는 학생들을 어둠의 마법 방어법 교실로 데려다주었다. 해리와 론은 다른 사람들에게 들리지 않게 이야기하려고 뒤로 처졌다.

"또다시 투명 망토를 써야 할 거야." 해리가 론에게 말했다. "팽을 데려가면 돼. 팽은 해그리드랑 같이 금지된 숲에 들어가곤 했잖아. 어느 정도 도움이 될 거야."

"그래." 론이 초조한 듯 손가락으로 마법 지팡이를 빙글빙글 돌리며 말했다. "어…… 거기 숲에는 늑대인간이 있다고 하지 않았어?" 록하트의 교실 뒤쪽, 평소 앉는 자리에 앉으며 론이 덧붙였다.

해리는 그 질문에 대답하지 않기로 했다. "좋은 것도 제법 많아. 켄타우로스들도 괜찮고, 유니콘도 있고."

론은 금지된 숲에 한 번도 들어가 본 적이 없었다. 해리는 딱 한 번 들어가 봤지만 결코 다시 가고 싶은 마음은 없었다.

록하트가 교실로 껑충껑충 뛰어 들어오자 학생들이 그를 쳐다봤다. 다른 교수들은 하나같이 평소보다 우울한 표정을 짓고 있는 반면 록하트의 쾌활함은 조금도 줄어들지 않은 듯했다.

"저런저런." 그가 주위에 환한 미소를 뿌리며 소리쳤다.

"왜 다들 우울한 얼굴이야?"

아이들은 화난 눈길을 주고받을 뿐 아무도 대답하지 않았다.

"아직 모르는구나." 록하트가 그들을 죄다 살짝 바보 취급하며 천천히 말했다. "위험은 지나갔단다! 범인이 잡혔어."

"누가 그래요?" 딘 토머스가 큰 소리로 물었다.

"이봐, 친구. 해그리드가 범인이라고 100퍼센트 확신하지 않았다면 마법 정부 총리가 그자를 잡아갔겠니?" 록하트가 1 더하기 1은 2라고 설명하는 투로 말했다.

"아, 퍽이나 그렇겠네요." 론이 딘보다 큰 목소리로 말했다.

"자랑은 아니지만, 해그리드가 붙잡힌 일에 대해서는 내가 너보다 조금 더 알고 있단다, 위즐리 군." 록하트가 자기만족에 빠진 목소리로 말했다.

론은 자기 생각은 어쩐지 좀 다르다고 말하려 했지만 해리가 책상 밑으로 세게 걷어차는 바람에 중간에 입을 다물었다.

"우린 그 자리에 없었던 거야. 기억하지?" 해리가 중얼거렸다.

하지만 해리도 록하트의 진저리 나는 쾌활함과, 그가 은

연중에 예전부터 해그리드를 형편없는 사람이라 생각했다고 말한 것, 이 모든 일이 이제 끝났다고 자신하는 그 태도에 너무 짜증이 나서 록하트의 멍청한 얼굴에 《굴과 굴러다니기》를 집어던지고 싶은 마음이 굴뚝같았다. 대신 그는 론에게 쪽지를 휘갈겨 쓰면서 마음을 다잡았다. '오늘 밤에 하자.'

론은 쪽지를 읽고 침을 꿀꺽 삼키더니 평소 헤르미온느가 앉던 빈자리를 곁눈질했다. 그 모습에 결심을 굳힌 듯 론은 고개를 끄덕였다.

6시 이후로는 아무 데도 갈 수 없었기 때문에 그리핀도르 휴게실은 늘 북적거렸다. 게다가 할 얘기도 많았기에, 휴게실은 자정이 지나서까지 비지 않을 때가 많았다.

해리는 저녁을 먹자마자 짐 가방에서 투명 망토를 꺼내와 깔고 앉은 채 휴게실이 비기를 기다리며 저녁 시간을 보냈다. 프레드와 조지가 해리와 론에게 몇 차례 폭발하는 카드 게임을 도전해 왔고, 지니는 축 처져서 헤르미온느가 평소 앉던 의자에 앉아 그들을 지켜보고 있었다. 해리와 론은 게임을 빨리 끝내려고 일부러 계속 졌지만, 그럼에도 프레드, 조지, 지니가 마침내 자러 갔을 때는 자정이 훨씬 지난 뒤였다.

해리와 론은 멀찍이서 두 군데 침실 문이 닫히는 소리가 들리기를 기다렸다가 투명 망토를 들어 올려 뒤집어쓴 다음 초상화 구멍으로 나갔다.

둘은 또 한 번 교수들을 피해 성안을 지나는 힘든 여정에 올랐다. 마침내 현관홀에 도착한 그들은 오크나무 정문 잠금장치를 연 다음 삐걱거리는 소리가 나지 않도록 조심스럽게 문틈을 비집고 달빛이 비치는 교정으로 나왔다.

"물론" 하고, 어두운 잔디밭을 성큼성큼 지날 때 론이 갑자기 입을 열었다. "숲으로 갔는데 따라갈 게 아무것도 없을 수 있겠지. 거미들은 숲으로 가려던 게 아니었을지도 몰라. 걔들이 뭐랄까, 대체로 그쪽으로 움직이는 것처럼 보였다는 건 나도 알지만……."

론은 기대감으로 말끝을 흐렸다.

그들은 해그리드의 집에 도착했다. 불 꺼진 창문이 슬프고 초라해 보였다. 해리가 문을 열자 팽이 그들을 보고 기뻐서 날뛰었다. 팽이 짖는 소리에 성안 사람들이 깰까 봐 그들은 얼른 난로 위 깡통에서 당밀 퍼지를 꺼내 팽에게 먹였다. 팽의 이빨이 쩍 달라붙어 버렸다.

해리는 해그리드의 탁자에 투명 망토를 놓아두었다. 칠

흑같이 어두운 숲에서는 망토가 필요 없을 터였다.

"이리 와, 팽. 산책 갈 거야." 해리가 팽의 다리를 토닥이며 말하자, 팽은 기쁜 듯 그들을 뒤쫓아 껑충껑충 집 밖으로 뛰쳐나오더니 숲가로 돌진해서는 커다란 단풍나무에 대고 한쪽 다리를 들어 올렸다.

해리가 지팡이를 꺼내 "루모스"라고 중얼거리자 마법 지팡이 끝에서 딱 거미의 흔적을 찾아 오솔길을 살펴볼 만큼의 작은 빛이 생겨났다.

"좋은 생각이야." 론이 말했다. "내 것도 켜고 싶지만, 너도 알다시피 아마 지팡이가 터지거나 뭐 그럴 거야……."

해리는 론의 어깨를 가볍게 두드려 주고 풀밭을 가리켰다. 무리에서 떨어진 거미 두 마리가 마법 지팡이 불빛을 피해 황급히 나무 그늘 속으로 달아나고 있었다.

"그래." 론이 최악의 상황을 각오한 듯 한숨을 쉬었다. "준비됐어. 가자."

나무뿌리와 잎사귀 냄새를 맡으며, 그들은 주위를 날쌔게 뛰어다니는 팽과 함께 금지된 숲으로 들어갔다. 그들은 해리의 지팡이 불빛에 의지해, 오솔길을 따라 꾸준히 이동하는 거미들을 쫓아갔다. 잔가지 부러지는 소리와 나뭇잎 부스럭거리는 소리 말고 다른 소리가 들리지 않는지 열심히 귀를 기울이며 아무 말 없이 20분쯤 걸었다. 잠시 후, 나무들이 더욱 **빽빽**해져서 더 이상 머리 위의 별들이 보이지 않게 되고 해리의 마법 지팡이만이 어둠의 바다 속에서 홀로 빛날 때, 거미 안내자들이 길을 벗어나는 모습이 보였다.

해리는 멈춰 서서 거미들이 어디로 가는지 보려고 했지만 작고 동그란 빛이 미치는 범위 바깥은 칠흑같이 어두웠다. 금지된 숲에 이토록 깊이 들어와 본 적은 없었다. 지난번 여기에 왔을 때 해그리드가 숲 오솔길을 벗어나지 말라고 조언했던 것이 생생하게 떠올랐다. 하지만 해그리드는 지금 몇 킬로미터 떨어진 곳에, 아마도 아즈카반의 감옥에 있었고, 거미를 따라가라고도 말했다.

뭔가 축축한 것이 손에 닿자 해리는 뒤로 펄쩍 뛰다가 론의 발을 꽉 밟고 말았다. 하지만 팽의 코가 닿은 것일 뿐이었다.

"어떻게 할까?" 해리가 마법 지팡이 빛에 비쳐 눈만 간신히 보이는 론에게 물었다.

"이미 여기까지 왔는걸." 론이 말했다.

그래서 그들은 빠르게 나아가는 거미들의 그림자를 좇아 우거진 나무들 사이로 들어갔다. 이제는 그렇게 빨리 움직일 수가 없었다. 어둠에 잠겨 거의 보이지 않는 나무뿌리와 그루터기가 가는 길을 방해했기 때문이다. 해리는 팽의 뜨거운 숨결이 손에 닿는 것을 느꼈다. 해리가 쭈그리고 앉아 지팡이 불빛으로 거미를 찾을 수 있도록 그들은 몇 번이고 멈춰 서야 했다.

낮게 늘어진 나뭇가지와 가시덤불에 로브가 걸리고 찢기면서 적어도 30분은 걸은 것 같았다. 얼마 후 그들은 주위의 나무는 다른 곳처럼 울창하지만 땅은 밑으로 경사져 있다는 사실을 알아차렸다.

그때 팽이 갑자기 큰 소리로 쩌렁쩌렁하게 짖는 바람에 해리와 론 둘 다 화들짝 놀랐다.

"뭐지?" 론이 해리의 팔꿈치를 꽉 움켜잡고 새까만 어둠 속을 두리번거리며 큰 소리로 말했다.

"저기 뭔가가 움직이고 있어." 해리가 숨죽여 말했다. "잘 들어 봐…… 뭔가 커다란 게 움직이는 소리가 들려."

그들은 귀를 기울였다. 오른쪽으로 조금 떨어진 곳에서 거대한 무언가가 나무들을 뚫고 길을 만드느라 나뭇가지를 딱딱 부러뜨리고 있었다.

"이런, 안 돼." 론이 넋 나간 듯 중얼거렸다. "안 돼, 안 돼, 안……."

"조용히 해." 해리가 한껏 흥분해서 말했다. "네 소리를 듣겠어."

"내 소리를 듣는다고?" 론이 부자연스럽게 높아진 목소리로 말했다. "이미 팽이 짖어 대는 소리를 들었잖아!"

겁에 질린 채 서서 기다리는데 어둠이 눈알을 짓눌러 오는 것 같았다. 기괴한 우르릉거리는 소리가 나는가 싶더니 갑자기 조용해졌다.

"뭘 하려는 거지?" 해리가 혼잣말처럼 물었다.

"달려들려고 준비하는 거겠지." 론이 말했다.

그들은 감히 움직이지도 못한 채 부들부들 떨면서 기다렸다.

"가 버린 걸까?" 해리가 속삭였다.

"모르겠어……."

그때 그들의 오른쪽에서 갑자기 불빛이 작열했다. 어둠 속의 그 빛이 너무나 밝아 둘은 얼른 양손을 들어 올려 눈을 가렸다. 팽은 컹컹 짖으며 도망치려다가 엉긴 가시덤불에 걸리자 더욱 시끄럽게 컹컹댔다.

"해리!" 론이 안도감에 갈라진 목소리로 외쳤다. "해리, 우리 자동차야!"

"뭐?"

"가자!"

해리는 비틀거리고 발을 헛디디면서 론을 따라 빛을 향해 더듬더듬 걸어갔다. 잠시 뒤 그들은 공터로 나왔다.

위즐리 씨의 자동차가 **빽빽한** 나뭇가지 지붕 아래 울창한 숲 한가운데에서 전조등을 번쩍거리며 서 있었다. 론이 입을 쩍 벌리고 그쪽으로 걸어가자 자동차는 마치 주인을 맞이하는 커다란 청록색 개처럼 론을 향해 천천히 움직였다.

"줄곧 여기에 있었다니!" 론이 자동차 주위를 걸어 다니며 기쁜 듯 말했다. "이것 봐. 숲이 녀석을 거칠게 바꿔 놨어……."

자동차는 양 옆구리가 긁히고 진흙으로 온통 더럽혀 있었다. 저 혼자 숲속을 덜컹거리고 돌아다닌 게 틀림없었다. 팽은 자동차가 전혀 마음에 들지 않는지 해리 곁에 바짝 붙어 있었다. 팽이 부들부들 떠는 것이 느껴졌다. 해리는 호흡을 가라앉히며 마법 지팡이를 다시 로브 속에 집어넣었다.

"이게 우리를 공격할 거라고 생각했다니!" 론이 자동차에 기대 몸체를 토닥거리며 말했다. "어디로 갔나 했네!"

해리는 거미가 더 있는지 보려고 눈을 가늘게 뜨고 조명이 비치는 바닥을 살폈지만, 거미들은 전조등 불빛을 피해 달아난 뒤였다.

"거미를 놓쳤어." 그가 말했다. "빨리, 가서 찾아보자."

론은 대꾸하지 않았다. 움직이지도 않았다. 론의 두 눈은 해리의 바로 뒤, 바닥에서 3미터 높이에 고정되어 있었다. 얼굴은 공포에 질려 창백했다.

해리가 돌아볼 겨를도 없었다. 크게 딸깍거리는 소리가 나더니 돌연 길고 털이 잔뜩 난 뭔가가 그의 허리를 낚아채 땅에서 들어 올리는 것이 느껴졌다. 해리는 그렇게 얼굴을 아래로 한 채 공중에 매달려 있었다. 두려움에 몸부림치는 해리의 귀에 딸깍거리는 소리가 더 많이 들려왔다. 론의 다리가 땅에서 들리는 광경이 보이고, 팽이 낑낑거리며 울부짖는 소리가 들렸다. 다음 순간, 해리는 어두운 숲속으로 휩쓸려 갔다.

해리는 거꾸로 매달린 채, 그를 붙잡은 존재가 엄청나게 길고 털이 숭숭 난 여섯 개의 다리로 나아가는 것을 보았다. 앞의 두 다리로는 그를 꽉 붙잡고 있었는데 그 위로 까맣고 번쩍이는 한 쌍의 집게발이 보였다. 뒤에서 또 한 놈의 소리가 들렸다. 놈이 론을 붙잡고 있는 게 틀림없었다. 그들은 금지된 숲 한가운데로 들어가고 있었다. 해리는 팽이 세 번째 괴물에게서 벗어나려고 몸부림치면서 요란하게 낑낑거리는 소리를 들었지만, 그 자신은 소리를 지르고 싶어도 그럴 수가 없었다. 마치 공터에 있는 자동차에 목소리를 놔두고 온 것 같았다.

해리는 얼마나 오래 그 생물에게 붙들려 있었는지 알 수
없었다. 그저 갑자기 어둠이 걷힌 덕분에 지금 그의 눈앞에
서 낙엽으로 뒤덮인 땅에 거미들이 득시글거리고 있다는
사실만 알 뿐이었다. 목을 옆으로 쭉 빼고 보니 그들은 광
대한 분지 가장자리에 다다라 있었다. 나무가 없었기에 별
빛이 해리가 여태껏 한 번도 본 적 없는 끔찍한 장면을 그
대로 비췄다.

거미들. 나뭇잎 밑에서 갑자기 튀어나오는 그런 작은 거
미들이 아니었다. 짐마차 끄는 말만 한 거미, 눈 여덟 개에
다리 여덟 개, 검은색에 털이 숭숭 난 어마어마하게 큰 거
미들이 있었다. 해리를 들고 있던 거대 거미가 가파른 내리
막길을 따라 분지 한가운데 있는 부연 반구형 거미줄로 향
했다. 그사이 동료 거미들은 놈이 들고 있는 것을 보고 흥
분한 듯 집게발을 딸깍거리며 주위에 몰려들었다.

거미가 놓아주자 해리는 팔다리를 뻗은 채 땅바닥에 널
브러졌다. 론과 팽이 옆에 털썩 떨어졌다. 팽은 더 이상 울
부짖지 않고 그 자리에 조용히 웅크리고 있었다. 론은 해리
와 정확히 똑같은 기분인 듯했다. 그의 입이 소리 없는 비
명이라도 지르는 것처럼 크게 벌어지고 눈은 튀어나오려

했다.

해리는 갑자기 자기를 떨어뜨린 거미가 뭔가 말을 하고 있음을 알아챘다. 한 마디 할 때마다 집게발을 딸깍거렸기에 알아듣기가 어려웠다.

"아라고그!" 놈이 소리쳤다. "아라고그!"

그러자 부연 반구형 거미줄 한가운데에서 작은 코끼리만 한 거미가 아주 천천히 모습을 드러냈다. 검은색 몸통과 다리에는 회색빛이 돌았고, 집게발이 달린 흉측한 머리에 붙어 있는 눈들은 하나같이 우유처럼 하얬다. 눈이 먼 거미였다.

"무슨 일이냐?" 그 거미가 집게발을 빠르게 딸깍거리며 물었다.

"인간이에요." 해리를 잡은 거미가 집게발을 딸깍거렸다.

"해그리드냐?" 아라고그가 더 가까이 다가오더니 여덟 개의 뿌연 눈알을 이리저리 굴렸다.

"낯선 자들인데요." 이번에는 론을 데려온 거미가 딸깍거렸다.

"죽여 버려." 아라고그가 귀찮다는 듯 집게발을 딸깍거렸다. "자고 있었는데……."

"우린 해그리드의 친구예요." 해리가 소리쳤다. 심장이 가슴에서 떨어져 나와 목구멍에서 쿵쾅거리는 것 같았다.

딸깍, 딸깍, 분지에 모인 모든 거미가 집게발을 딸깍거렸다.

아라고그가 멈춰 섰다.

"해그리드는 우리가 사는 분지에 인간들을 보낸 적이 한 번도 없다." 그가 천천히 말했다.

"해그리드가 곤경에 빠졌어요." 해리가 숨 가쁘게 말했다. "그래서 우리가 온 거예요."

"곤경에 빠졌다고?" 늙은 거미가 말했다. 집게발이 딸깍거리는 소리 뒤로 걱정스러운 기색이 들린 것 같았다. "그런데 왜 너를 보냈지?"

해리는 일어설까 하다가 그러지 않기로 했다. 다리가 버텨 줄 것 같지 않았다. 그는 땅바닥에 주저앉은 채 할 수 있는 한 차분하게 말했다.

"사람들은, 저 위에 있는 학교 사람들요, 그 사람들은 해그리드가 학생들한테 어…… 어…… 뭔가를 풀어놨다고 생각해요. 그 사람들이 해그리드를 아즈카반으로 데려갔어요."

아라고그가 불같이 화를 내며 집게발을 딸깍거리자, 뒤이어 분지 전체에 거미 떼가 딸깍거리는 소리가 울려 퍼졌다. 꼭 박수갈채 소리 같았다. 보통은 박수 소리 때문에 두려워 토할 것 같은 기분이 들지는 않겠지만.

"그러나 그건 오래전 일이었다." 아라고그가 짜증이 담긴 목소리로 말했다. "무척 오래전의 일. 나는 똑똑히 기억한다. 그게 그자들이 해그리드를 학교에서 쫓아낸 이유였지. 그자들은 내가 그들이 비밀의 방이라고 부르는 곳에 사는 괴물이라 믿었다. 해그리드가 그 방을 열어서 나를 풀어 주었다고 생각했지."

"그럼 당신은…… 당신은 비밀의 방에서 나온 게 아닌가요?" 이마에 식은땀이 흐르는 것을 느끼며 해리가 물었다.

"내가!" 아라고그가 화가 나서 딸깍거렸다. "나는 그 성에서 태어나지 않았다. 머나먼 땅에서 왔지. 내가 알 속에 있었을 때 어떤 여행자가 나를 해그리드한테 줬어. 해그리드는 어린아이였지만 날 성안 벽장에 숨겨 놓고 식탁에 떨어진 음식 부스러기를 가져와 먹이면서 돌봐 주었다. 해그리드는 좋은 친구이자 좋은 인간이다. 내가 발견되고 한 소녀가 죽은 일이 내 탓이 되자 해그리드는 나를 지켜 줬어. 그때 이후로 나는 계속 여기 숲에서 살았다. 해그리드는 지금도 나를 만나러 온다. 해그리드는 심지어 내게 아내 모새그를 찾아 주기도 했어. 너도 우리 가족이 얼마나 불어났는지 알겠지. 이건 다 선량한 해그리드 덕분이다⋯⋯."

해리는 남아 있는 용기를 끌어모았다.

"그러니까 당신은 절대, 절대 아무도 공격하지 않았다는 거죠?"

"그래." 늙은 거미가 쉰 목소리로 말했다. "그게 내 본능이었겠지만 나는 해그리드를 존중하기에 한 번도 인간을 해치지 않았다. 살해당한 소녀의 시체는 화장실에서 발견됐다. 나는 내가 자란 벽장을 빼면 성의 어디도 본 적이 없어. 우리 종족은 어둡고 조용한 곳을 좋아하니까⋯⋯."

"하지만 그러면⋯⋯ 대체 뭐가 그 소녀를 죽였는지 아세요?" 해리가 말했다. "왜냐면, 뭔지는 모르겠지만 그게 돌아와서 다시 사람들을 공격하고 있⋯⋯."

하지만 해리의 말은 갑작스레 터져 나온 요란한 딸깍거리는 소리와 수많은 긴 다리들이 화난 듯 이리저리 움직이며 버스럭거리는 소리에 묻히고 말았다. 사방에서 거대한 검은 형체들이 이쪽저쪽으로 움직였다.

아라고그가 말했다. "성에 살고 있는 그것은 우리 거미들이 무엇보다 두려워하는 고대 생명체다. 그 짐승이 학교를 돌아다니고 있다는 것을 감지하고 해그리드한테 날 놓아달라고 얼마나 애원했는지 잘 기억한다."

"그게 뭔데요?" 해리가 다급히 물었다.

딸깍거리는 소리와 버스럭거리는 소리가 더욱 시끄럽게
울려 퍼졌다. 거미들이 그들에게 점점 다가오고 있는 것 같
았다.

"우리는 말하지 않는다!" 아라고그가 사납게 내뱉었다.
"우리는 그것의 이름을 말하지 않아! 해그리드에게조차 그
끔찍한 생명체의 이름을 말해 주지 않았다. 그가 수차례 물
었는데도 말이야."

해리는 거미들이 사방으로부터 밀려들고 있는 상황에서
이 문제를 더 밀어붙이고 싶진 않았다. 아라고그는 말하는
데 싫증이 난 듯했다. 그는 반구형 거미줄 안으로 천천히
돌아가고 있었으나 그의 동료 거미들은 계속 해리와 론을
향해 조금씩 천천히 다가왔다.

"그럼, 우리는 그냥 갈게요." 해리는 뒤에서 나뭇잎이 부
스럭거리는 소리를 들으며 아라고그의 뒤에 대고 절박하
게 소리쳤다.

"간다고?" 아라고그가 천천히 말했다. "그건 안 될 것 같
은데······."

"하지만······ 하지만······."

"내 아들들과 딸들은 내 명령에 따라 해그리드를 해치지

않는다. 그러나 신선한 고기가 우리 한가운데 제 발로 걸어 들어왔다면 나로서도 허락하지 않을 수 없지. 잘 가거라, 해그리드의 친구여."

해리는 몸을 획 돌렸다. 바로 앞에 해리의 키보다 큰, 거미들로 이루어진 단단한 벽이 서 있었다. 딸깍딸깍 소리를 내면서, 흉측한 검은색 머리들에 붙은 수많은 눈알을 번뜩이면서…….

해리는 마법 지팡이로 손을 뻗으면서도 그래 봐야 아무소용 없다는 것을 알았다. 수가 너무 많았다. 그래도 싸우다 죽겠다는 결심으로 애써 일어서려는데, 시끄러운 소리가 길게 울리더니 분지에 눈부신 빛이 작열했다.

위즐리 씨의 자동차가 전조등을 번뜩이고 경적을 빵빵울리며 거미들을 옆으로 쳐 내면서 내리막길을 우르릉 달려 내려오고 있었다. 거미 몇 마리가 뒤집혀서 여러 개의다리를 허공에 허우적댔다. 자동차가 끼익 소리를 내며 해리와 론 앞에 멈추더니 문이 활짝 열렸다.

"팽을 데려와!" 해리가 앞좌석에 뛰어들며 소리쳤다. 론은 컹컹 짖고 있는 사냥개의 몸을 낚아채 자동차 뒷좌석에 던져 넣었다. 문이 쾅 닫혔다. 론은 액셀을 밟지 않았지만 자동차에게는 론이 필요하지 않았다. 엔진이 부르릉거

해리 포터와 비밀의 방

리는가 싶더니, 그들은 더 많은 거미를 쳐서 넘어뜨리며 그 자리를 떠났다. 비탈길을 빠르게 달려 분지를 벗어난 자동 차는 곧 숲을 뚫고 나아갔다. 나뭇가지들이 창문을 채찍질 했다. 자동차는 영리하게도 가장 넓은 틈을 골라 통과하고 있었다. 길을 알고 있는 게 분명했다.

해리는 론을 힐끗 보았다. 입으로는 여전히 소리 없는 비 명을 지르고 있었지만 이제 눈은 튀어나올 것처럼 보이지 않았다.

"괜찮아?"

론은 대답을 못 하고 앞만 뚫어지게 바라보았다.

그들은 덤불을 마구 헤치며 나아갔고, 뒷좌석에서는 팽 이 시끄럽게 울부짖고 있었다. 해리는 자동차가 커다란 오 크나무 옆을 비집고 지나가면서 사이드미러가 툭 부러지 는 것을 보았다. 시끄럽고 험난한 10분이 지나자 나무들이 드문드문해지고 다시 하늘이 조금 보이기 시작했다.

자동차가 급정거하는 바람에 그들은 하마터면 앞 유리에 부딪힐 뻔했다. 그들은 금지된 숲 가장자리에 와 있었다. 팽은 밖으로 나가고 싶은 마음에 창문으로 몸을 던졌고, 해 리가 문을 열어 주자 꼬리를 만 채 나무 사이를 헤치고 쏜 살같이 해그리드의 집으로 달려갔다. 해리도 밖으로 나왔다. 론은 그제야 팔다리에 감각이 돌아온 듯 1분쯤 뒤에 따라 내렸지만 여전히 목은 뻣뻣했고 얼굴은 멍했다. 해리가 고맙다는 표시로 가볍게 두드리자 자동차는 후진해서 다시 금지된 숲으로 사라졌다.

해리는 투명 망토를 가지러 해그리드의 오두막으로 돌아갔다. 팽은 바구니 안 담요 밑에서 부들부들 떨고 있었다. 해리가 다시 밖으로 나와 보니 론은 호박밭에다 격하게 토악질을 하고 있었다.

"거미들을 따라가라고?" 론이 소매로 입을 닦으며 힘없이 말했다. "난 해그리드를 절대 용서하지 않을 거야. 우리가 지금 살아 있는 것만으로도 기적이라고."

"해그리드는 분명 아라고그가 자기 친구들을 해치지 않을 거라고 생각했을 거야." 해리가 말했다.

"그게 바로 해그리드의 문제야!" 론이 오두막 벽을 쾅 치며 말했다. "해그리드는 항상 괴물들이 사람들이 아는 것만큼 나쁘지 않다고 생각하잖아. 그래서 해그리드가 어떻게 됐는지 좀 봐! 아즈카반의 감옥에 있지!" 론은 이제 걷잡을 수 없이 떨고 있었다. "대체 우리를 저 숲에 보낸 이유가 뭐야? 우리가 뭘 알아냈는지 좀 말해 볼래?"

"해그리드는 결코 비밀의 방을 열지 않았다는 것." 해리가 론에게 투명 망토를 뒤집어씌우고 팔을 쿡쿡 찔러 그를 걷게 하면서 말했다. "해그리드는 결백하다는 것."

론은 크게 코웃음을 쳤다. 론이 생각하기에 아라고그를 벽장 안에서 부화시키는 것은 전혀 '결백'한 일이 아니었다.

성의 어렴풋한 모습이 점점 가까워지자 해리는 투명 망토를 끌어내려 발을 확실히 감춘 다음, 삐걱거리는 문을 열었다. 그들은 조심스럽게 현관홀을 지나 대리석 계단을 올라갔다. 경계 중인 보초들이 걸어 다니는 복도를 지날 때는 숨까지 참았다. 마침내 그들은 그리핀도르 휴게실이라는 안전한 장소에 도착했다. 난롯불은 다 타서 빨갛게 달아오른 재로 변해 있었다. 그들은 투명 망토를 벗고 구불구불한 계단을 올라 기숙사 침실로 향했다.

론은 옷도 벗지 않고 침대에 쓰러졌다. 그러나 해리는 별로 졸리지 않았다. 그는 사주식 침대 가장자리에 앉아 아라고그가 했던 말들을 곱씹어 보았다.

해리는 성안 어딘가에 숨어 있는 그 생명체가 꼭 괴물 세계의 볼드모트 같다고 생각했다. 다른 괴물들조차 그놈의 이름을 입에 담고 싶어 하지 않았다. 하지만 해리와 론은 대체 그것의 정체가 뭔지, 혹은 그놈이 어떻게 피해자들을 석화시켰는지에 대해 더 알아내지 못했다. 해그리드도 비밀의 방 안에 뭐가 있는지는 전혀 몰랐다.

해리는 다리를 침대 위로 휙 끌어 올리고 베개에 기대 달빛이 탑 창문으로 비쳐 드는 모습을 바라보았다.

달리 뭘 할 수 있을지 알 수가 없었다. 사방이 막다른 길이었다. 리들은 엉뚱한 사람을 잡았고, 슬리데린의 후계자는 벌을 받지 않았으며, 이번에 비밀의 방을 연 인물이 그때와 같은 사람인지 아닌지는 아무도 알지 못했다. 달리 물어볼 사람도 없었다. 해리는 아라고그가 했던 말을 계속 떠올리면서 자리에 누웠다.

막 졸음이 쏟아질 무렵, 마지막 희망과도 같은 생각이 불현듯 떠올라 해리는 갑자기 몸을 벌떡 일으켰다.

"론." 그가 어둠 속에서 숨죽여 불렀다. "론!"

론은 팽처럼 컹컹거리며 잠에서 깨어나 주위를 이리저리 두리번거리다가 해리를 보았다.

"론…… 그 죽은 여자애 말이야. 아라고그는 그 여자애가 화장실에서 발견됐다고 말했잖아." 해리는 구석에서 들려오는 네빌의 훌쩍거리는 듯한 코 고는 소리를 무시하고 말을 이었다. "만약 그 애가 화장실을 결코 떠나지 않았다면? 아직도 거기에 있다면?"

론이 달빛에 얼굴을 찡그리며 눈을 비볐다. 마침내 그는 그 말을 이해했다.

"너 설마…… 울보 머틀 얘기하는 건 아니지?"

16장

비밀의 방

"우린 내내 그 화장실에 있었고, 걔는 딱 세 칸 떨어진 데 있었잖아." 다음 날 아침 식사 시간에 론이 씁쓸하게 말했다. "걔한테 물어볼 수도 있었는데, 이제는……."

거미들을 찾아다니는 것도 힘든 일이었는데, 교수들한테서 벗어나 여자 화장실, 그것도 첫 번째 습격 현장 바로 앞에 있는 여자 화장실에 몰래 숨어든다니 거의 불가능한 일이었다.

그러나 그날 첫 번째 수업인 변환 마법 시간에 일어난 일 덕분에 그들은 몇 주 만에 처음으로 머릿속에서 비밀의 방을 몰아낼 수 있었다. 수업이 시작하고 10분이 지났을 때 맥고나걸 교수가 오늘부터 1주일 뒤인 6월 1일에 시험이 시작된다고 말해 준 것이다.

"*시험이라고요?*" 세이머스 피니건이 울부짖었다. "이런 상황에서 *시험*을 본다고요?"

네빌 롱보텀의 마법 지팡이가 옆으로 넘어지면서 그의 책상 다리 하나를 없애 버리는 바람에 해리 뒤에서 쾅 하는 소리가 들렸다. 맥고나걸 교수가 마법 지팡이를 한 번 휘둘러 책상을 복구하고는 얼굴을 찌푸리면서 세이머스에게 고개를 돌렸다.

"이런 상황에서 학교를 열어 놓는 이유는 오로지 너희가 교육받을 수 있게 하기 위해서야." 그녀가 엄격한 어조로 말했다. "그러므로 시험은 예정대로 실시될 거다. 너희 모두 시험공부를 열심히 할 거라 믿는다."

시험공부를 열심히 하다니! 해리는 학교가 이렇게 된 상황에서 시험을 볼 거라고는 전혀 생각지 못했다. 교실 여기저기서 반항 섞인 불평이 쏟아지자 맥고나걸 교수의 눈빛이 더욱 험악해졌다.

"덤블도어 교수님은 되도록 학교를 평소대로 유지하라고 지시하셨다." 그녀가 말했다. "그리고 굳이 지적할 필요도 없겠지만 그 말은 너희가 올해 얼마나 많은 걸 배웠는지 알아보라는 뜻이지."

해리는 슬리퍼로 바꿔 놓아야 할 흰토끼 한 쌍을 내려다보았다. 올 한 해 지금까지 그는 뭘 배웠던가? 시험에 도움이 될 만한 건 하나도 떠오르지 않는 것 같았다.

론은 지금 막 금지된 숲에 가서 살아야 한다는 말을 들은 것 같은 표정이었다.

"이걸로 어떻게 시험을 보라는 거야?" 그가 이제 막 시끄러운 휘파람 소리를 내기 시작한 마법 지팡이를 들어 보이며 해리에게 물었다.

첫 시험을 보기 사흘 전, 맥고나걸 교수가 아침 식사 시간에 또 다른 소식을 전했다.

"좋은 소식이 있습니다." 그녀의 말에 대연회장에는 침묵이 내려앉는 대신 함성이 터졌다.

"덤블도어 교수님이 돌아오시는군요!" 몇몇 사람이 기뻐하며 소리쳤다.

"슬리데린의 후계자가 잡혔나요!" 래번클로 식탁에서 여학생 하나가 꺅 소리를 질렀다.

"퀴디치 경기를 다시 시작하는 겁니까!" 우드가 흥분해서 고함을 질렀다.

왁자지껄한 소리가 잦아들자 맥고나걸 교수가 입을 열

었다. "스프라우트 교수님이 드디어 맨드레이크를 잘라 낼 준비가 됐다고 전해 오셨습니다. 오늘 밤에는 석화된 사람들을 되살릴 수 있을 거예요. 굳이 상기시킬 필요도 없겠지만 그중 한 명은 우리에게 누가, 혹은 무엇이 그들을 공격했는지 분명히 말해 줄 수 있을 겁니다. 범인을 잡음으로써 이 끔찍했던 한 해가 마무리되기를 기대합니다."

환호성이 터져 나왔다. 슬리데린 식탁 쪽을 바라본 해리는 드레이코 말포이가 거기에 동참하지 않는 것을 보고도 전혀 놀라지 않았다. 반면 론은 요 며칠 사이 어느 때보다 행복한 표정을 짓고 있었다.

"그럼 머틀한테 물어보지 않아도 되겠네!" 그가 해리에게 말했다. "헤르미온느가 깨어나면 모든 걸 말해 줄 거야! 근데 사흘 뒤에 시험이라는 걸 알면 난리가 날 텐데. 시험 공부를 안 했잖아. 시험이 끝날 때까지 그냥 두는 게 헤르미온느를 더 배려하는 일일지도 몰라."

바로 그때 지니 위즐리가 다가와 론 옆에 앉았다. 잔뜩 긴장하고 초조해 보였는데, 해리가 보니 그녀는 무릎에 올려놓은 손을 배배 꼬고 있었다.

"왜 그래?" 론이 자기 그릇에 포리지를 더 덜면서 물었다.

지니는 아무 말 없이 그저 겁에 질린 표정으로 그리핀도르 식탁 이쪽저쪽을 힐끔힐끔 바라보았다. 그 표정을 보자 해리는 누군가가 떠올랐지만 그게 누구인지는 정확히 생각나지 않았다.

"다 털어놔 봐." 론이 그녀를 바라보며 말했다.

해리는 문득 지니가 누구와 닮았는지 깨달았다. 의자에 앉아 앞뒤로 살짝 몸을 흔들고 있는 지니의 모습은 금지된 정보를 폭로하기 직전의 도비의 모습과 똑같았다.

"할 얘기가 있어." 지니가 해리를 쳐다보지 않으려고 조심하면서 웅얼거렸다.

"뭔데?" 해리가 물었다.

지니는 적절한 말을 찾지 못한 것 같았다.

"*뭐냐니까?*" 론이 재차 물었다.

지니가 입을 열었지만 아무 소리도 나오지 않았다. 해리는 몸을 바짝 기울이고 지니와 론만 들을 수 있도록 조용히 말했다.

"비밀의 방에 관한 거야? 뭔가 봤어? 누가 이상한 행동을 했어?"

지니가 숨을 크게 들이마시는 순간, 퍼시 위즐리가 지치고 맥없는 모습으로 나타났다.

"다 먹었으면 나 좀 앉자, 지니. 배고파 죽겠어. 방금 순

찰 임무를 마치고 왔거든."

지니는 지금 막 의자에 전기가 통하기라도 한 듯 벌떡 일어나 겁에 질린 눈으로 퍼시를 잠깐 보더니 빠르게 달아났다. 퍼시는 자리에 앉아 식탁 한가운데 있던 머그잔을 집어 들었다.

"퍼시!" 론이 화를 내며 소리쳤다. "지니가 방금 우리한테 중요한 얘기를 하려고 했단 말이야!"

퍼시는 차를 들이켜다가 사레들렸다.

"무슨 얘기?" 그가 기침을 하면서 물었다.

"지니한테 뭔가 이상한 걸 봤냐고 물어봤단 말이야. 지니가 얘기하려고 했는데⋯⋯."

"아, 그거⋯⋯ 그건 비밀의 방하고는 아무 상관 없는 얘기야." 퍼시가 곧바로 말했다.

"형이 그걸 어떻게 알아?" 론이 눈썹을 치켜들며 물었다.

"뭐, 어, 네가 꼭 알아야겠다면, 지니가, 어, 지난번에 나랑 우연히 마주쳤을 때 내가⋯⋯ 음, 잊어버려. 중요한 건, 내가 뭔가를 하는 걸 지니가 봤고, 나는, 음, 지니더러 아무한테도 말하지 말라고 부탁했어. 사실 나는 지니가 그 약속을 지킬 줄 알았어. 실은, 아무것도 아니거든. 난 그냥⋯⋯."

해리는 퍼시가 그렇게 안절부절못하는 모습은 본 적이

없었다.

"뭐 하고 있었는데, 퍼시?" 론이 씩 웃으며 말했다. "얼른, 말해 줘. 안 웃을게."

퍼시는 마주 웃어 주지 않았다.

"거기 롤빵 좀 줘, 해리. 배고파 죽겠다."

해리는 그들이 나서지 않아도 내일이면 모든 수수께끼가 풀리리라는 걸 알았지만, 머틀과 이야기할 기회가 생기면 놓치지 않을 작정이었다. 그리고 오전, 길더로이 록하트를 따라 마법의 역사 수업에 가던 중 다행히 그 기회가 찾아왔다.

록하트는 해 봐야 틀렸다는 게 곧바로 증명될 말인데도 이제 위험은 다 지나갔다고 수없이 장담하며, 복도에서 학생들을 안전하게 데려다주는 일에 별 의미가 없다고 전적으로 확신하고 있었다. 록하트의 머리카락은 평소처럼 매끈거리지 않았다. 5층을 순찰하느라 밤을 거의 샌 것 같았다.

"내 말 명심해라." 그가 학생들을 이끌고 모퉁이를 돌면서 말했다. "석화되어 버린 그 불쌍한 사람들 입에서 나올 첫 마디는 분명 '해그리드였어요'일 거야. 솔직히 나는 맥고나걸 교수님께서 이 모든 보안 조치가 필요하다고 생각하신다는 데 깜짝 놀랐단다."

"저도요, 교수님." 해리의 말에 론이 놀라서 책을 떨어뜨렸다.

"고맙다, 해리." 록하트가 후플푸프 학생들의 긴 줄이 지나가기를 기다리면서 다정스럽게 말했다. "내 말은, 우리 교수들한테는 학생들을 교실로 데려다주거나 밤새 경비서는 일 말고도 할 일이 많다는 거야……."

"맞아요." 론도 눈치를 채고 말을 보탰다. "저희를 두고 가셔도 될 것 같은데요, 교수님. 복도 하나만 더 가면 되니까요."

"그러게 말이다, 위즐리. 그러는 게 좋겠다." 록하트가 말했다. "정말로 다음 수업 준비를 하러 가야 할 것 같구나."

그는 서둘러 가 버렸다.

"수업 준비를 한다고?" 론이 뒤에서 비웃었다. "가서 머리나 말겠지."

그들은 나머지 그리핀도르 학생들이 앞질러 갈 때까지 기다린 다음 옆 통로로 쏜살같이 달려가 허겁지겁 울보 머틀의 화장실로 향했다. 그러나 이 기발한 작전을 두고 서로를 칭찬하려는 순간……

"포터! 위즐리! 뭐 하는 거냐?"

맥고나걸 교수가 나타났다. 그녀의 입이 어느 때보다도
꼭 다물려 있었다.

"저희는…… 저희는……." 론이 말을 더듬었다. "저희는,
가서 보려고……."

"헤르미온느를요." 해리가 말했다. 론과 맥고나걸 교수
모두 그를 바라보았다.

"헤르미온느를 본 지 한참 됐거든요, 교수님." 해리가 론
의 발을 밟으며 서둘러 말을 이었다. "그래서 병동에 몰래
들어가려고 했어요. 그러니까, 헤르미온느한테 맨드레이
크가 거의 준비됐으니까, 어, 걱정하지 말라고 얘기해 주려
고요."

맥고나걸 교수는 여전히 해리를 뚫어지게 바라보고 있었
다. 해리는 잠깐 맥고나걸 교수가 화를 낼 거라고 생각했지
만 입을 열었을 때 그녀의 목소리는 이상하게 쉬어 있었다.

"그렇겠구나." 그녀가 말했다. 해리는 놀랍게도 그녀의
구슬 같은 눈에 눈물이 괴어 반짝이는 것을 보았다. "당연
히 그럴 테지. 친구가 그런 일을 당하면 얼마나 힘든지 나
도 잘 안단다……. 충분히 이해한다. 그래, 포터. 당연히 그
레인저 양을 만나러 가도 된다. 내가 빈스 교수님께 너희가
어디 갔는지 말씀드리마. 폼프리 선생님께는 내가 허락했

다고 전하거라."

해리와 론은 방과 후 징계를 받지 않았다는 사실을 도저히 믿을 수 없어 하며 그 자리를 벗어났다. 모퉁이를 돌자 맥고나걸 교수가 코 푸는 소리가 분명하게 들려왔다.

"그건" 하고, 론이 열띤 어조로 입을 열었다. "네가 여태껏 생각해 낸 이야기 가운데 최고였어."

이제는 병동에 가서 폼프리 선생에게 맥고나걸 교수의 허락을 받고 헤르미온느를 보러 왔다고 이야기하는 수밖에 없었다.

폼프리 선생은 그들을 들여보내 주면서도 마뜩잖아했다. "석화된 사람한테 말을 걸어 봤자 아무 소용 없어." 그녀가 말했다. 헤르미온느 곁에 앉은 두 사람도 그 말이 맞다는 걸 인정해야 했다. 헤르미온느가 방문객이 왔다는 사실을 어렴풋하게라도 알아차리지 못하는 건 분명했기에, 차라리 침대 옆에 있는 보관함에 대고 걱정하지 말라고 이야기하는 게 나을 것 같았다.

"근데 헤르미온느가 그 습격자를 봤을까?" 론이 슬픔이 깃든 눈으로 헤르미온느의 굳은 얼굴을 바라보며 말했다. "여기 있는 사람들 모두 기습당한 거라면 아무도 모르겠지……."

하지만 해리는 헤르미온느의 얼굴을 보고 있지 않았다. 그는 헤르미온느의 오른손에 더 관심을 보였다. 헤르미온느의 손은 꽉 움켜쥔 채 담요 위에 놓여 있었는데, 몸을 더 가까이 구부리자 주먹 안에 종잇조각이 구겨져 있는 것이 보였다.

해리는 폼프리 선생이 가까이 있지 않은 것을 확인한 뒤 론에게 이 사실을 알려 주었다.

"한번 빼 봐." 론은 폼프리 선생이 해리를 보지 못하도록 의자를 움직이며 속삭거렸다.

쉬운 일이 아니었다. 종이가 헤르미온느의 손에 워낙 꽉 쥐여 있는 탓에 꼭 찢어질 것만 같았다. 론이 망을 보는 동안 해리는 그 종이를 당겼다가 비틀었다가를 반복했고, 긴장감 가득한 몇 분이 흐른 끝에 드디어 종이를 빼낼 수 있었다.

도서관에 있는 아주 오래된 책에서 찢어 낸 페이지였다. 해리가 열심히 종이를 눌러 반듯하게 펴자 론도 그것을 읽으려고 몸을 가까이 기울였다.

우리 땅을 배회하는 수많은 두려운 짐승과 괴물 가운데, 뱀들의 왕으로 알려진 바실리스크보다 신비스럽고 치명적인 건 없다. 어마어마한 크기로 자라고 수백 년을 사는 이 뱀은 두꺼비가 품은 닭의 알에서 부화한다. 바실리스크가 상대를 죽이는 방법은 대단히 경이롭다. 바실리스크는 독이 있는 치명적인 송곳니 외에도 목숨을 빼앗는 시선을 갖고 있어, 그 안광에 사로잡힌 자는 하나같이 곧바로 죽음을 맞이한다. 거미가 바실리스크 앞에서 도망치는 건 그것이 거미에게 천적이기 때문이며, 바실리스크가 오직 수탉의 울음 앞에서만 달아나는 것은 수탉의 울음소리가 바실리스크에게 치명적이기 때문이다.

그 밑에는 헤르미온느의 글씨로 단 한 단어가 쓰여 있었다. '파이프.'

마치 지금 막 누군가가 해리의 머릿속에 불을 탁 켠 것 같았다.

"론." 그가 숨죽여 말했다. "이거야. 이게 답이야. 비밀의 방에 있는 괴물은 *바실리스크야. 거대한 뱀!* 내게는 온갖 곳에서 들리는 목소리가 다른 사람한테는 안 들린 건 그 때문이었어. 내가 뱀의 말을 알아듣기 때문이야……."

해리는 눈을 들어 주위의 침대를 바라보았다.

"바실리스크는 바라보는 것만으로도 사람을 죽인다고 했

지. 하지만 아무도 죽지 않았어. 왜냐하면 놈의 눈을 직접 본 사람은 한 명도 없기 때문이야. 콜린은 카메라를 통해서 봤어. 바실리스크가 카메라 안에 있는 필름을 다 태워 버리기는 했지만 콜린은 그냥 석화되기만 했지. 저스틴은……저스틴은 목이 달랑달랑한 닉을 통해서 바실리스크를 봤을 거야! 닉은 그 시선을 정면으로 맞았지만 다시 죽을 수는 없었고. 그리고 헤르미온느와 저 래번클로 반장이 발견됐을 때는 그 옆에 거울이 떨어져 있었잖아. 헤르미온느는 그때 막 이 괴물이 바실리스크라는 사실을 깨달았던 거야. 그래서 처음 만난 사람한테 모퉁이를 돌 때 먼저 거울을 비춰 보라고 경고했겠지. 그다음 저 여자애가 거울을 꺼냈고, 그리고……."

론의 입이 떡 벌어졌다.

"그럼 노리스 부인은?" 그가 애타는 목소리로 소곤거렸다.

해리는 핼러윈 날 밤의 장면을 그려 보면서 열심히 생각했다.

"물……." 그가 천천히 말했다. "울보 머틀의 화장실이 넘쳤잖아. 노리스 부인은 분명 물에 반사된 눈을 본 거야……."

그는 손에 쥔 페이지를 열심히 훑어보았다. 보면 볼수록 맞아떨어졌다.

"들어 봐. '바실리스크가 오직 수탉의 울음 앞에서만 달아나는 것은 수탉의 울음소리가 바실리스크에게 치명적이기 때문이다'." 해리가 큰 소리로 읽었다. "해그리드의 수탉들이 죽었잖아! 일단 비밀의 방이 열리자 슬리데린의 후계자는 성안에 수탉이 없길 바랐던 거야. '거미는 바실리스크 앞에서 도망친다'! 전부 맞아떨어져!"

"하지만 바실리스크가 어떻게 돌아다닐 수 있지?" 론이 말했다. "더럽게 큰 뱀인데…… 누군가 봤을 거 아냐……."

그러나 해리는 헤르미온느가 페이지 아래쪽에 휘갈겨 쓴 단어를 가리켰다.

"파이프야." 해리가 말했다. "파이프라고……. 론, 놈은 수도관을 이용하고 있었어. 난 벽에서 나는 소리를 들었던 거야……."

론이 갑자기 해리의 팔을 붙잡았다.

"비밀의 방으로 들어가는 입구!" 그가 쉰 목소리로 외쳤다. "그게 화장실이라면? 만약에 그게……."

"울보 머틀의 화장실에 있다면." 해리가 말을 받았다.

그들은 흥분에 휩싸인 채, 믿기 힘들다는 얼굴로 그 자리에 가만히 앉아 있었다.

해리가 말했다. "그 말은, 이 학교에 파셀마우스가 나 혼자일 리 없다는 뜻이야. 슬리데린의 후계자도 파셀마우스야. 그래서 놈들은 바실리스크를 조종할 수 있었던 거야."

"어쩌지?" 론이 두 눈을 번뜩이며 물었다. "맥고나걸한테 곧장 가야 할까?"

"교무실로 가자." 해리가 벌떡 일어나며 말했다. "10분만 있으면 오실 거야. 쉬는 시간이 거의 다 됐으니까."

그들은 아래층으로 달려갔다. 또 다른 복도를 돌아다니다 들키고 싶지 않았기에 곧장 텅 빈 교무실로 들어갔다. 그곳은 어두운 색깔의 나무 의자로 가득하고 벽에 패널을 댄 넓은 방이었다. 해리와 론은 너무 흥분한 탓에 앉지도 못하고 교무실 안을 서성거렸다.

하지만 쉬는 시간을 알리는 종은 울리지 않았다.

대신, 마법으로 키운 맥고나걸 교수의 목소리가 복도에 울려 퍼졌다.

"모든 학생은 즉시 각자의 기숙사로 돌아가도록 합니다. 교수님들은 모두 곧바로 교무실로 돌아오시길 바랍니다."

해리는 몸을 돌려 론을 바라보았다.

"설마 또 습격이 일어난 건 아니겠지? 지금은 안 되는데."

"우린 어쩌지?" 론이 겁에 질린 채 물었다. "기숙사로 돌아가?"

"아니." 해리가 주위를 힐끗 둘러보고 말했다. 왼쪽에 교수들의 망토로 가득 찬 보기 흉한 옷장 비슷한 것이 있었다. "일단 여기에 들어가. 무슨 일인지 들어 보자. 그런 다음에 우리가 알아낸 걸 이야기하면 될 거야."

그들은 옷장 안에 몸을 숨긴 채 머리 위로 수백 명이 우르르 이동하는 소리, 교무실 문이 벌컥 열리는 소리에 귀를 기울였다. 여러 겹의 퀴퀴한 망토 사이로 교수들이 교무실에 하나둘 들어오는 모습이 보였다. 몇몇은 영문을 모르겠다는 표정이었고, 또 다른 몇몇은 순전히 겁에 질려 있었다. 그때 맥고나걸 교수가 도착했다.

"일이 벌어졌습니다." 그녀가 조용한 교무실을 향해 말했다. "학생 하나가 그 괴물에게 잡혀갔어요. 비밀의 방으로요."

플리트윅 교수가 꺅 소리를 질렀다. 스프라우트 교수는 두 손으로 입을 막았다. 스네이프가 의자 등받이를 쥔 손에 힘을 꽉 주더니 말했다. "어떻게 그렇게 확신하십니까?"

맥고나걸 교수가 얼굴이 하얗게 질린 채 대답했다. "슬리데린의 후계자가 또 다른 메시지를 남겼습니다. 첫 번째 메시지 밑에다가요. '그녀의 해골은 비밀의 방에 영원히 누워 있으리라.'"

플리트윅 교수가 울음을 터뜨렸다.

"누구죠?" 무릎이 풀려 의자에 주저앉은 후치 선생이 물었다. "어느 학생인가요?"

"지니 위즐리입니다." 맥고나걸 교수가 말했다.

해리는 옆에서 론이 옷장 바닥으로 스르르 주저앉는 것을 느꼈다.

"내일 학생들을 모두 집으로 보내야 합니다." 맥고나걸 교수가 말했다. "호그와트는 끝났어요. 덤블도어 교수님이 항상 말씀하셨는데…….."

교무실 문이 다시 벌컥 열렸다. 해리는 한순간 몹시 흥분해서 덤블도어가 돌아온 게 아닌가 생각했다. 하지만 그 사람은 록하트였다. 게다가 그는 환하게 웃고 있기까지 했다.

"정말 죄송합니다. 깜빡 졸았네요. 무슨 얘기들 하고 계셨습니까?"

록하트는 다른 교수들이 놀라울 만큼 증오에 가까운 얼굴로 자기를 쳐다보고 있다는 사실을 깨닫지 못한 듯했다. 스네이프가 앞으로 나섰다.

"마침 잘 왔군." 그가 말했다. "적임자가 왔군요. 여학생한 명이 괴물에게 납치당했소, 록하트. 다름 아닌 비밀의 방으로 끌려갔소. 마침내 댁이 활약할 때가 왔군."

록하트의 얼굴이 핼쑥해졌다.

"맞아요, 길더로이." 스프라우트 교수가 끼어들었다. "바로 어젯밤에 비밀의 방 입구가 어디 있는지 처음부터 알고 있었다고 말하지 않았어요?"

"전…… 그게, 전……." 록하트가 더듬거렸다.

"그래요, 나한테도 그 안에 뭐가 있는지 확실히 안다고 말했잖아요." 플리트윅 교수가 목소리를 높였다.

"제, 제가요? 전 기억이 안 나는데……."

"나도 당신이 해그리드가 체포되기 전에 괴물이랑 한판 붙어 보지 못해서 유감이라고 말했던 게 똑똑히 기억나는군." 스네이프가 말했다. "모든 게 엉망이 됐다고, 애초에 당신한테 전권이 주어져야 했다고 말하지 않았나?"

록하트는 잔뜩 굳은 얼굴의 동료 교수들을 바라보았다.

"저, 저는 사실 한 번도…… 여러분이 뭔가 오해하신 것……."

"그럼 당신에게 맡기겠습니다, 길더로이." 맥고나걸 교수가 말했다. "일을 처리하기엔 오늘 밤이 가장 좋을 겁니다. 우리가 책임지고 아무도 당신을 방해하지 못하게 하죠. 오로지 당신 혼자서 그 괴물과 맞붙을 수 있도록 말입니다.

드디어 당신에게 전권이 주어졌군요."

록하트는 절박한 눈길로 주위를 둘러봤지만 아무도 도와
주려고 나서지 않았다. 그는 더 이상 멋져 보이지 않았다.
입술은 떨렸고, 치아를 다 드러내는 평소의 미소가 없으니
하관이 빈약하고 허약해 보였다.

"조, 좋습니다." 그가 말했다. "저, 저는 제 연구실에 있
겠습니다. 주, 준비하고 있죠."

그는 교무실을 나갔다.

"됐군요." 맥고나걸 교수가 콧구멍을 벌름거리며 말했
다. "이걸로 저 사람은 따돌릴 수 있겠어요. 각 기숙사 담
임 교수님들은 돌아가셔서 학생들에게 무슨 일이 일어났
는지 알려 주세요. 내일 날이 밝자마자 호그와트 급행열차
를 타고 집에 가게 될 거라고 이야기해 주십시오. 다른 교
수님들은 어떤 학생도 기숙사 밖에 남아 있지 않도록 조치
해 주시길 바랍니다."

교수들은 자리에서 일어나 한 명씩 떠났다.

그날은 어쩌면 해리 평생 최악의 날인지도 몰랐다. 그와
론, 프레드와 조지는 서로에게 그 어떤 말도 하지 못한 채
그리핀도르 휴게실 한구석에 모여 앉아 있었다. 퍼시는 그

자리에 없었다. 그는 위즐리 부부에게 올빼미를 보내러 갔다가 자기 기숙사 침실에 틀어박혔다.

그날 오후처럼 시간이 느리게 흐른 것도, 그리핀도르 탑이 그렇게 북적거리는 동시에 조용한 것도 처음이었다. 해질 무렵, 프레드와 조지는 더 이상 앉아 있을 수 없어서 자러 올라갔다.

"걔가 뭔가를 알고 있었던 거야, 해리." 론이 교무실 옷장에 들어갔던 이후 처음으로 입을 열었다. "그래서 잡혀간 거야. 퍼시랑 관련된 멍청한 얘기가 결코 아니었다고. 지니가 비밀의 방에 대해 뭔가를 알아낸 거야. 틀림없어. 왜냐하면 걔는……." 론은 미친 듯이 눈을 문질렀다. "그러니까, 걔는 순수 혈통이잖아. 다른 이유가 있을 리 없어."

해리는 피처럼 붉은 태양이 지평선 아래로 가라앉는 모습을 바라보았다. 이렇게 괴로운 기분은 처음이었다. 뭐라도 할 수 있다면 좋을 텐데. 무슨 일이라도…….

"해리." 론이 말했다. "지니가 아직…… 무슨 말인지 알지? 조금이라도 희망이 있을까?"

해리는 뭐라고 대구해야 할지 몰랐다. 어떻게 지니가 아직까지 살아 있을 수 있단 말인가.

"저기, 있잖아." 론이 다시 말했다. "나는 가서 록하트를 만나야 할 것 같아. 록하트한테 우리가 아는 걸 말해 주는 거야. 그 사람은 비밀의 방에 들어가려고 할 테니까. 우리가 생각하는 비밀의 방 위치도 얘기해 주고, 그 안에 바실리스크가 있다고 말해 주는 거야."

해리는 별다른 방법이 생각나지 않기도 했고 또 뭐라도 하고 싶은 마음에 동의했다. 주위의 그리핀도르 학생들은 너무나 비통한 데다 위즐리 형제를 매우 가엾어하고 있었기에, 그들이 일어나서 휴게실을 걸어가 초상화 구멍으로 나가도 말리려 하지 않았다.

록하트의 연구실로 걸어가는 사이 어둠이 내렸다. 록하트의 연구실 안에서 뭔가가 부산스럽게 움직이고 있는 것 같았다. 긁히는 소리와 털썩하는 소리, 후다닥하는 발소리가 들렸다.

해리가 문을 두드리자 갑자기 안이 조용해지더니 문이 아주 조금 열리고 록하트가 그 사이로 한쪽 눈만 빠끔 내밀고 내다보았다.

"아…… 포터 군…… 위즐리 군……." 그가 문을 아주 조금 더 열며 말했다. "지금은 내가 좀 바쁘단다. 용건이 있으면 빨리……."

"교수님께 드릴 정보가 있어요." 해리가 말했다. "교수님한테 도움이 될 것 같아서요."

"어, 글쎄, 그게 딱히⋯⋯." 그들에게 보이는 록하트의 얼굴 한쪽은 매우 불편한 표정을 짓고 있었다. "그러니까, 그게⋯⋯ 알았다."

록하트가 문을 열자 그들은 안으로 들어갔다.

록하트의 연구실은 거의 비워진 상태였다. 커다란 짐 가방 두 개가 열린 채 바닥에 놓여 있었다. 옥색, 연보라색, 암청색 로브가 대충 접혀서 그 가방 중 하나에 들어 있었다. 다른 가방에는 책들이 너저분하게 뒤죽박죽 섞여 있었다. 벽을 뒤덮었던 사진들은 어느새 책상 위 상자에 넣어져 있었다.

"어디 가세요?" 해리가 물었다.

"어, 음, 그래." 록하트가 그렇게 말하며 실물 크기의 자기 포스터를 문 뒤에서 떼어 내 돌돌 말기 시작했다. "긴급 호출이 있어서⋯⋯ 어쩔 수가 없구나⋯⋯. 가야 해⋯⋯."

"제 동생은 어쩌고요?" 론이 불쑥 말했다.

"그게, 그 문제는⋯⋯ 참으로 불행한 일이지." 록하트가 그들의 시선을 피하면서 서랍을 열어 내용물을 가방에 담기 시작하며 말했다. "나보다 더 유감스러워하는 사람은 없을⋯⋯."

"교수님은 어둠의 마법 방어법 선생님이잖아요!" 해리가 말했다. "지금 가실 순 없어요! 여기에서 사악한 일이 잔뜩 벌어지고 있다고요!"

"그게, 이건 말해 둬야겠는데…… 내가 이 일을 맡기로 했을 땐……." 록하트가 이제는 로브 위에 양말들을 쌓아 올리며 중얼거렸다. "업무 내용에 이런 건 전혀 없었단다……. 예상하지 못한……."

"도망가겠다는 거예요?" 해리가 믿을 수 없다는 듯 말했다. "책에 나온 그 모든 일들을 해 놓고!"

"책이란 건 오해의 소지가 있지." 록하트가 교묘하게 말했다.

"교수님이 쓴 거잖아요!" 해리가 소리쳤다.

"얘야." 록하트가 허리를 펴고 해리를 향해 얼굴을 찌푸리며 말했다. "상식적으로 생각해 보렴. 사람들이 그 모든 일을 *내가* 한 거라고 생각하지 않았다면 내 책은 반도 팔리지 않았을 거야. 못생기고 늙은 아르메니아 고위 마법사 얘기는 아무도 읽고 싶어 하지 않거든. 실제로 그자가 늑대인간한테서 한 마을을 구했더라도 말이다. 그 고위 마법사가 표지에 실리면 끔찍할 거야. 패션 감각도 전혀 없고 말이야. 게다가 밴던의 밴시를 쫓아낸 여자 마법사한테는 턱수염이 있었어. 내 말은, 알잖아⋯⋯."

"그러니까, 다른 사람들이 한 일을 그냥 가로챘다는 거예요?" 해리는 어이가 없다는 듯 말했다.

"해리, 해리." 록하트는 짜증이 나는 듯 고개를 내저었다. "그렇게 간단한 문제가 결코 아니란다. 수반되는 작업이 있지. 나는 그 사람들을 찾아내야 했단다. 그러고는 정확히 어떻게 그 일을 해냈는지 물었지. 그런 다음에는 그들이 자기가 한 일을 기억하지 못하도록 망각 마법을 걸었다. 내가 자부심을 느끼는 게 딱 한 가지 있다면 바로 망각 마법이거든. 아니, 정말 엄청난 작업이었어, 해리. 책 사인회와 홍보 사진이 다가 아니야. 유명해지고 싶다면 오랜 시간 힘겹고 지겨운 일을 묵묵히 해낼 준비가 되어 있어야 한단다."

록하트가 짐 가방 뚜껑을 쾅 닫고 잠갔다.

"어디 보자." 그가 말했다. "전부 챙긴 것 같군. 그래. 딱 하나가 남았지."

그는 마법 지팡이를 꺼내 들고 고개를 돌려 그들을 바라보았다.

"정말 미안하구나, 얘들아. 하지만 이제 너희에게 망각 마법을 걸어야겠다. 너희가 내 비밀을 동네방네 퍼뜨리게 둘 수는 없잖니. 그랬다간 책을 한 권도 더 팔 수 없을 테니……."

해리는 때맞춰 마법 지팡이로 손을 뻗었다. 록하트가 지팡이를 채 들어 올리기도 전에 해리가 소리쳤다. "엑스펠리아르무스!"

록하트는 뒤로 홱 날아가 가방 위로 쓰러졌다. 그의 마법 지팡이가 공중으로 높이 날아가자 론이 그것을 잡아 열린 창밖으로 던져 버렸다.

"스네이프 교수가 우리한테 이걸 가르치게 하지 말았어야죠." 해리는 화가 나서 록하트의 짐 가방을 옆으로 걷어찼다. 록하트는 또 한 번 나약한 모습으로 해리를 올려다보았다. 해리는 여전히 마법 지팡이로 록하트를 겨누고 있었다.

"내가 어떻게 했으면 좋겠니?" 록하트가 힘없이 말했다. "나는 비밀의 방이 어디에 있는지 몰라. 내가 할 수 있는 일은 아무것도 없어."

"운 좋은 줄 알아요." 지팡이를 겨눠 록하트를 억지로 일으켜 세우며 해리가 말했다. "우리는 그게 어디 있는지 아는 것 같으니까. 그리고 그 안에 뭐가 있는지도요. 가요."

그들은 록하트를 연구실 밖으로 데리고 나와 가장 가까운 계단을 내려간 다음, 벽에 쓰인 메시지가 번쩍거리는 어두운 복도를 나아가 울보 머틀의 화장실 문 앞에 도착했다.

그들은 록하트를 먼저 들여보냈다. 록하트가 벌벌 떠는 모습을 보자 해리는 기분이 좋았다.

울보 머틀은 맨 끝의 칸 변기 수조 위에 앉아 있었다.

"아, 너구나." 머틀이 해리를 보더니 말했다. "이번엔 뭐 때문에 왔니?"

"네가 어떻게 죽었는지 물어보려고." 해리가 말했다.

머틀의 태도가 순식간에 달라졌다. 그렇게 기분 좋은 질문은 단 한 번도 받아 본 적 없다는 표정이었다.

"으으, 정말 지독했지." 그녀가 즐거운 듯 말했다. "바로 여기에서 일어난 일이야. 나는 바로 이 칸막이에서 죽었어. 생생하게 기억나. 올리브 혼비가 내 안경을 갖고 놀려서 여기 숨어 있었지. 문을 잠가 놓고 울고 있었는데 누가 들어오는 소리가 들렸어. 그러더니 뭔가 이상한 말이 들리더라고. 다른 언어였던가, 틀림없이 그랬을 거야. 어쨌든 내가 정말로 화가 났던 건 그 말을 하는 사람이 남자였기 때문이었어. 그래서 문을 열었지. 그 애한테 나가서 남자 화장실을 쓰라고 말하려고. 그러고는……." 머틀은 으스대듯 몸을 부풀렸다. 그녀의 얼굴이 반짝반짝 빛났다. "죽었어."

"어떻게?" 해리가 물었다.

"모르겠어." 머틀이 목소리를 낮추고 말했다. "엄청나게 큰 노란 눈 한 쌍을 본 것만 기억나. 몸 전체가 멈춰 버리는 것 같더니, 그다음엔 둥실둥실 떠오르고 있었어……." 그녀가 꿈꾸는 듯한 얼굴로 해리를 바라보았다. "그 뒤로 난 다시 돌아왔어. 올리브 혼비를 따라다니기로 결심했거든. 아, 내 안경을 놀린 걸 어찌나 미안해하던지."

"그 눈을 정확히 어디서 봤어?" 해리가 물었다.

"저기 어디쯤일 거야." 머틀이 앞에 있는 세면대 쪽을 애매하게 가리키며 말했다.

해리와 론은 서둘러 그쪽으로 다가갔다. 록하트는 잔뜩 겁먹은 표정으로 멀찍이 물러섰다.

평범한 세면대 같았다. 그들은 아래에 있는 수도관을 포함해 세면대 안팎을 구석구석 살폈다. 그러다 해리는 그것을 보았다. 구리 수도꼭지 중 하나의 옆면에 작은 뱀이 새겨져 있었다.

"그 수도꼭지는 한 번도 작동한 적 없어." 해리가 수도꼭지를 틀어 보려 하자 머틀이 밝은 목소리로 말했다.

"해리." 론이 말했다. "뭔가 말해 봐. 뱀의 말로."

"하지만……." 해리는 열심히 생각했다. 그가 뱀의 말을 한 건 진짜 뱀과 마주했을 때뿐이었다. 그는 진짜라 생각하려고 애쓰며 아주 작게 새겨진 뱀을 뚫어지게 바라보았다.

"열어." 해리가 말했다.

그가 론을 쳐다보자 론은 고개를 저었다.

"우리말이야." 론이 말했다.

해리는 마음을 다해 그 뱀이 살아 있다 믿고 다시 바라보았다. 머리를 이리저리 움직이면 촛불 빛 때문에 뱀이 움직이는 듯 보일 것 같았다.

"열어." 그가 말했다.

해리에게만 그렇게 들렸을 뿐이었다. 그의 입에서 쉿쉿하는 이상한 소리가 튀어나왔다. 그 순간 수도꼭지가 눈부신 하얀빛을 내면서 빙글빙글 돌더니 이어 세면대가 움직이기 시작했다. 정확히 말하면 가라앉아 보이지 않게 되었고, 바로 그 자리에 사람 하나가 미끄러져 들어갈 수 있을 만큼 큰 수도관이 나타났다.

해리는 론이 숨을 헉 들이켜는 소리를 듣고 그를 보았다. 해리는 뭘 할지 마음을 정했다.

"난 저기로 내려갈 거야." 그가 말했다.

비밀의 방 입구를 찾은 이상, 지니가 살아 있을지도 모른다는 아주 실낱같고 터무니없이 작은 가능성이 있는 이상, 가지 않을 도리가 없었다.

"나도." 론이 말했다.

잠시 침묵이 흘렀다.

"뭐, 너희한테는 내가 그다지 필요 없을 것 같구나." 록하트가 흔적만 남은 예전의 미소를 지으며 말했다. "난 그냥⋯⋯."

그러나 그가 문고리에 손을 댄 순간 론과 해리가 동시에 그에게 마법 지팡이를 겨눴다.

"교수님이 먼저 가요." 론이 으르렁거렸다.

록하트는 얼굴이 백짓장처럼 질린 채 마법 지팡이도 없이 입구로 다가갔다.

"얘들아." 그가 들릴 듯 말 듯한 목소리로 말했다. "얘들아, 이게 다 무슨 소용이겠니?"

해리가 마법 지팡이로 그의 등을 쿡 찔렀다. 록하트는 수도관 안으로 다리를 집어넣었다.

"내 생각엔 정말로⋯⋯." 그는 입을 열었지만 론이 한 번 툭 밀자 보이지 않는 곳으로 쭉 미끄러져 내려갔다. 해리도 얼른 그 뒤를 따랐다. 그는 천천히 몸을 숙이고 수도관 안으로 들어가서 입구를 잡고 있던 손을 놓았다.

마치 끈적끈적하고 어두운 미끄럼틀을 타고 끝없이 내려가는 것 같았다. 더 많은 수도관이 온갖 방향으로 갈라져

있었지만 그들이 타고 내려가는 수도관만큼 큰 것은 하나
도 없었다. 수도관은 비틀리고 꼬이며 가파르게 아래로 기
울어졌다. 해리는 학교 밑, 지하 감옥보다도 더 깊은 곳으
로 떨어지고 있었다. 뒤에서 수도관이 구부러지는 곳을 지
날 때마다 론이 툭툭 부딪치는 소리가 들렸다.

잠시 후 바닥에 다다랐을 때 과연 어떤 일이 벌어질지 막
걱정되기 시작한 순간 수도관이 평평해지더니, 해리는 철
퍽하는 소리와 함께 수도관 끝으로 튀어나와 어두운 돌 터
널의 축축한 바닥에 착지했다. 터널은 일어설 수 있을 만큼
컸다. 조금 떨어진 곳에서 록하트가 끈적이는 물질에 뒤덮
여 마치 유령처럼 하얘져서는 몸을 일으키고 있었다. 해리
가 비켜서자 론도 수도관을 휙 빠져나왔다.

"학교에서 몇 킬로미터는 내려왔을 거야." 해리의 목소
리가 캄캄한 터널에 울려 퍼졌다.

"호수 밑일지도 몰라." 론이 눈을 가늘게 뜬 채 컴컴하고
끈적끈적한 벽을 둘러보며 말했다.   ·

세 사람 모두 몸을 돌려 눈앞의 어둠을 뚫어지게 바라보
았다.

"루모스." 해리가 중얼거리자 지팡이에 다시 불이 켜졌
다. "가자." 그가 론과 록하트에게 말하자 그들은 걷기 시작

했다. 바닥을 딛는 그들의 발소리가 시끄럽게 울려 퍼졌다.

터널이 너무 어두워서 바로 코앞만 보일 뿐이었다. 축축한 벽에 드리워진 그들의 그림자가 마법 지팡이 불빛에 비쳐 기괴하게 보였다.

"잊지 마." 해리가 조심스럽게 앞으로 걸어 나가며 조용히 말했다. "뭔가 움직이는 것 같으면 곧바로 눈을 감아……."

하지만 터널은 무덤처럼 조용했다. 갑자기 '와작' 하는 요란한 소리가 처음으로 들렸지만, 알고 보니 론이 쥐의 두개골을 밟아서 난 소리였다. 해리는 바닥을 보려고 마법 지팡이를 내렸다. 바닥에는 작은 동물의 뼈가 흩어져 있었다. 해리는 지니가 어떤 모습으로 발견될지 상상하지 않으려고 애쓰며 앞장서서 터널의 어두운 굴곡을 돌았다.

"해리, 저 앞에 뭐가 있어……." 론이 해리의 어깨를 꽉 잡으며 쉰 목소리로 말했다.

그들은 그 자리에 우뚝 얼어붙은 채로 잠깐 지켜보았다. 터널 한가운데 누워 있는, 커다랗고 둥그스름한 무언가의 윤곽만 보였다. 그것은 꼼짝도 하지 않았다.

"잠들었는지도 몰라." 해리가 다른 두 사람을 힐끗 돌아보면서 숨죽여 말했다. 록하트는 두 손으로 눈을 가렸다.

해리는 그 물체를 보려고 다시 돌아섰다. 심장이 아플 만큼 거세게 뛰었다.

해리는 가급적 눈을 가늘게 뜨고 지팡이를 높이 든 채 아주 천천히, 조금씩 나아갔다.

빛이 거대한 뱀 허물을 비췄다. 독이 있을 것 같은 선명한 초록색 뱀 허물이 속이 빈 채 돌돌 말려서 터널 바닥에 놓여 있었다. 허물을 벗은 그 생물은 적어도 6미터는 될 것 같았다.

"제기랄." 론이 조그맣게 중얼거렸다.

뒤에서 갑작스러운 움직임이 느껴졌다. 길더로이 록하트의 다리가 풀리고 만 것이다.

"일어나요." 론이 마법 지팡이를 록하트에게 겨누며 날카롭게 말했다.

록하트가 자리에서 일어나는가 싶더니 론에게 달려들어 그를 바닥에 쓰러뜨렸다.

해리가 얼른 달려갔지만 너무 늦었다. 록하트는 한 손에 론의 지팡이를 들고 헐떡거리면서도 환한 미소를 얼굴에 다시 띤 채 몸을 일으켰다.

"모험은 여기서 끝이다, 얘들아!" 그가 말했다. "나는 이 뱀 허물을 조금 잘라 가지고 학교로 돌아가서 여자애를 구하기에는 너무 늦었다고, 너희 둘은 토막 난 그 애의 시신을 보고 *비참하게도* 정신이 나가 버렸다고 말해야겠다. 너희 기억에 작별 인사나 하거라!"

그가 마법 테이프로 붙여 놓은 론의 마법 지팡이를 머리 위로 높이 들어 올리더니 소리쳤다. "오블리비아테!"

마법 지팡이가 작은 폭탄 정도의 위력을 내며 폭발했다. 해리는 양팔로 머리를 감싸고 달려가서 뱀 허물 따리를 넘어, 천둥 같은 꽝음과 함께 천장에서 쏟아져 내리는 돌덩이를 피했다. 다음 순간, 그는 길을 가로막은 단단한 바위 벽을 홀로 마주 보고 있었다.

"론!" 그가 소리쳤다. "괜찮아? 론!"

"나 여기 있어!" 떨어진 돌덩이 뒤에서 론의 목소리가 먹먹하게 들렸다. "난 괜찮아. 근데 이 재수 없는 자식은 안 괜찮네. 제대로 맞았나 봐."

둔탁한 퍽 소리와 "아얏!" 하는 큰 소리가 들렸다. 론이 방금 록하트의 정강이를 걷어찬 듯했다.

"이제 어쩌지?" 론이 절박한 목소리로 말했다. "그쪽으로 갈 수가 없어. 돌들을 다 치우려면 엄청 오래 걸릴 거야……."

해리는 터널 천장을 올려다보았다. 커다란 금이 가 있었다. 해리는 이 바위처럼 큰 것을 마법으로 부숴 본 적이 한 번도 없었지만, 지금은 연습하기에 좋은 때가 아닌 것 같았다. 터널 전체가 무너질 수도 있었다.

바위 뒤에서 또 한 번 퍽 소리와 "아얏!" 하는 소리가 들렸다. 이러고 있을 시간이 없었다. 지니는 이미 몇 시간 전부터 비밀의 방에 있었다. 해리는 할 일이 딱 하나뿐임을 깨달았다.

"거기에서 기다려!" 그가 론에게 소리쳤다. "록하트랑 같이. 난 계속 갈게. 내가 한 시간 내로 돌아오지 않으면……."

의미심장한 침묵이 흘렀다.

"난 바위를 좀 치워 볼게." 론이 말했다. 목소리를 떨지 않으려고 애쓰는 것 같았다. "그래야…… 그래야 네가 다시 나올 수 있으니까. 그리고, 해리……."

"좀 이따 보자." 해리는 떨리는 목소리에 조금이나마 자신감을 불어넣으려고 애쓰며 말했다.

그는 혼자서 거대한 뱀 허물을 지나쳐 앞으로 나아갔다.

머잖아 론이 바위를 옮기느라 끙끙대는 소리도 들리지 않게 되었다. 터널은 구부러지길 반복했다. 온몸의 감각이 불쾌하게 얼얼했다. 터널이 끝나길 바라는 한편, 터널 끝

에서 무엇을 보게 될지 두렵기도 했다. 마침내 또 한 번 굴
곡을 조심스럽게 돌자, 뒤엉킨 뱀 두 마리가 새겨진 단단한
벽이 눈앞에 나타났다. 뱀의 눈에는 번쩍이는 큼직한 에메
랄드가 박혀 있었다.

해리는 그곳으로 다가갔다. 목이 바싹 탔다. 돌에 새겨진
이 뱀들은 진짜라고 억지로 믿을 필요도 없었다. 눈이 기이
하게도 살아 있는 것처럼 보였기 때문이다.

해리는 뭘 해야 할지 알 것 같았다. 그가 목을 가다듬자
에메랄드 눈동자들이 깜빡이는 것처럼 보였다.

"열어." 해리가 낮고 희미하게 쉿쉿 소리를 냈다.

벽이 양쪽으로 열리면서 뱀들이 반으로 갈라졌다가 눈앞
에서 스르르 사라지자, 해리는 부들부들 떨면서 안으로 걸
어 들어갔다.

17장
슬리데린의 후계자

그는 흐릿하게 불 밝힌 기다란 방 한쪽 끝에 서 있었다. 더 많은 뱀 조각이 뒤엉켜 있는 높은 돌기둥들이 어둠에 묻혀 보이지 않는 천장을 떠받치고 서서, 공간을 가득 채운 기이한 초록빛 어둠 속으로 길고 검은 그림자를 드리우고 있었다.

심장이 두방망이질하는 가운데 해리는 가만히 서서 서늘한 침묵에 귀를 기울였다. 기둥 뒤 어두운 구석에 바실리스크가 숨어 있는 건 아닐까? 지니는 어디에 있을까?

해리는 지팡이를 꺼내 들고 뱀 기둥 사이로 나아갔다. 한 발 한 발 조심스럽게 내디딜 때마다 발소리가 그늘진 벽에 부딪쳐 크게 울렸다. 해리는 아주 작은 움직임이라도 보이면 눈 감을 준비를 하고 계속 실눈을 뜨고 있었다. 돌 뱀의 공허한 눈이 그를 따라다니는 듯했다. 어떤 움직임을 본 것 같아 몇 번이고 가슴이 철렁했다.

잠시 후, 마지막 한 쌍의 기둥에 다다르자 벽을 등지고 선 조각상이 어렴풋하게 눈에 들어왔다. 그 조각상은 비밀의 방 천장에 닿을 만큼 컸다.

해리는 목을 한껏 젖혀서야 그 거대한 얼굴을 올려다볼 수 있었다. 나이가 꽤 든, 원숭이처럼 생긴 얼굴이었다. 길고 듬성듬성한 턱수염은 바닥에 쓸리는 돌로 된 로브 밑자락에 닿을 듯 늘어져 있고, 그 아래 거대한 잿빛 발 두 개가 매끄러운 바닥을 딛고 서 있었다. 그리고 두 발 사이, 타오르는 듯한 붉은 머리카락에 검은색 로브를 입은 작은 형체가 얼굴을 바닥으로 한 채 쓰러져 있었다.

"지니!" 해리가 쏜살같이 그녀에게 달려가 털썩 무릎을 꿇으며 중얼거렸다. "지니! 죽으면 안 돼! 제발 죽지 마!" 그는 지팡이를 옆으로 던지고 지니의 어깨를 붙잡아 바로 눕혔다. 지니의 얼굴은 대리석처럼 하얬고 그만큼 차가웠으며 두 눈은 감겨 있었지만 석화된 것은 아니었다. 하지만 그렇다면 그 말은…….

"지니, 제발 일어나." 해리가 그녀를 흔들며 절박하게 중얼거렸다. 지니의 머리가 이쪽저쪽으로 절망스럽게 축 늘어졌다.

"그 앤 깨어나지 않을 거야." 부드러운 목소리가 말했다.

해리는 깜짝 놀라 무릎을 꿇은 채 홱 돌아보았다.

키 큰 검은 머리카락의 소년이 가장 가까운 기둥에 기대서서 그를 지켜보고 있었다. 소년은 성에 낀 창문을 통해 보듯 몸의 윤곽이 이상할 정도로 흐릿했다. 하지만 해리는 단번에 그를 알아보았다.

"톰…… 톰 리들?"

리들은 해리의 얼굴에서 눈을 떼지 않은 채 고개를 끄덕였다.

"깨어나지 않을 거라니, 그게 무슨 뜻이야?" 해리가 절박한 말투로 물었다. "아니야. 설마, 아니지?"

"아직 살아 있어." 리들이 말했다. "하지만 곧 죽을 거야."

해리는 그를 뚫어지게 바라보았다. 톰 리들이 호그와트에 다닌 건 50년 전이건만 그는 괴이하고 흐릿한 빛에 휩싸인 채, 열여섯 살 이후 단 하루도 나이를 먹지 않은 모습으로 이곳에 서 있었다.

"넌 유령이야?" 해리가 확신 없는 말투로 물었다.

"기억이지." 리들이 조용히 말했다. "50년 동안 일기장에 보존된."

　리들은 조각상의 거대한 발가락 근처를 가리켰다. 그곳
에는 해리가 울보 머틀의 화장실에서 발견한 작고 검은 일
기장이 펼쳐져 있었다. 해리는 순간 일기장이 어떻게 여기
에 있는지 의아했지만, 더 급박한 문제들이 있었다.

　"날 좀 도와줘, 톰." 해리가 지니의 머리를 다시 들어 올
리며 말했다. "여기서 데리고 나가야 해. 바실리스크가 있
어······. 어디에 있는지는 모르겠지만 언제 나타날지 몰라.
부탁이야, 도와줘······."

　리들은 움직이지 않았다. 해리는 땀을 뻘뻘 흘리며 간신
히 지니를 바닥에서 들어 올리다 말고 마법 지팡이를 다시
집기 위해 허리를 구부렸다.

　하지만 지팡이는 사라지고 없었다.

　"혹시 내 마법 지팡이······."

　해리는 고개를 들었다. 리들은 여전히 그를 바라보고 있
었다. 기다란 손가락으로 해리의 마법 지팡이를 빙글빙글
돌리면서.

　"고마워." 해리가 지팡이를 받으려고 손을 뻗으며 말했다.

　리들이 입꼬리를 말아 올리며 미소 지었다. 그는 계속 해
리를 뚫어지게 바라보면서 한가롭게 지팡이를 돌리기만

했다.

"저기 말이야." 해리가 다급히 말했다. 지니의 무게 때문에 무릎이 휘청거렸다. "여기서 *나가야 돼!* 바실리스크가 나타나면……."

"부르기 전에는 나타나지 않을 거야." 리들이 담담하게 말했다.

해리는 더 이상 버틸 수가 없어서 지니를 다시 바닥에 내려놓았다.

"무슨 뜻이야?" 해리가 물었다. "저기, 내 마법 지팡이 이리 줘. 필요할지도 몰라."

리들의 얼굴 가득 미소가 번졌다.

"필요 없을걸." 리들이 말했다.

해리가 그를 빤히 바라보았다.

"무슨 뜻이야? 필요 없을 거라니……?"

"난 이때를 오랫동안 기다려 왔어, 해리 포터." 리들이 말했다. "너를 만나는 순간 말이야. 너와 이야기할 순간."

"이봐." 해리는 참지 못하고 말했다. "이해가 잘 안 되나 본데, 우리는 지금 *비밀의 방*에 와 있어. 얘기는 나중에 할 수 있잖아."

"지금 이야기할 거야." 리들은 여전히 활짝 미소 지은 얼굴로 말하더니 해리의 마법 지팡이를 주머니에 넣었다.

해리는 그를 쏘아보았다. 상황이 어쩐지 이상해지고 있었다.

"지니는 어쩌다가 이렇게 된 거야?" 해리가 천천히 물었다.

"글쎄, 그것 참 흥미로운 질문이네." 리들이 즐거운 듯 말했다. "꽤 긴 이야기이기도 하고. 내 생각에 지니 위즐리가 이렇게 된 진짜 이유는, 보이지도 않는 낯선 사람한테 마음을 열고 자기 비밀을 전부 털어놓았기 때문이야."

"그게 무슨 소리야?" 해리가 물었다.

"일기장." 리들이 말했다. "내 일기장 말이야. 꼬마 지니는 그 일기장에 몇 달 동안이나 글을 쓰면서 나한테 온갖 한심한 걱정거리와 고민을 털어놨지. 오빠들이 놀려 댄 얘기며, 어째서 중고 로브와 책을 갖고 학교에 가야 했는지, 또……." 리들의 눈이 반짝거렸다. "유명하고 착하고 멋진 해리 포터는 결코 자기를 좋아하지 않을 거라든가……."

말하는 내내 리들의 시선은 해리의 얼굴을 한 번도 떠나지 않았다. 그의 눈빛에는 거의 굶주린 기색이 어려 있었다.

"꽤 지루한 일이지, 열한 살짜리 여자애의 바보 같고 사소한 문제에 귀 기울이는 건." 그가 말을 이었다. "하지만 참고 들어줬어. 답장을 썼지. 공감해 주고 친절하게 대해 줬다고. 지니는 그야말로 나를 *사랑했어.* '아무도 너처럼 나를 이해해 준 적 없어, 톰……. 이렇게 비밀을 털어놓을 수 있는 일기장이 있어서 너무 기뻐……. 주머니에 넣고 다닐 수 있는 친구가 생긴 것 같아…….'"

리들은 웃었다. 그 어울리지 않는 높은 음의 차가운 웃음소리를 듣자 해리는 머리카락이 쭈뼛 섰다.

"내 입으로 이런 말 하긴 그렇지만, 해리, 나는 항상 내게 필요한 사람들을 매혹시킬 수 있었어. 그렇게 지니는 나에게 마음을 열고 모든 걸 털어놨는데, 마침 그 애의 마음이 내가 원하던 거였거든. 나는 지니의 마음 가장 깊은 곳에 있는 두려움, 가장 어두운 비밀을 먹고 점점 강해졌어. 어린 위즐리 양보다 훨씬 막강해졌지. 위즐리 양에게 *내* 비밀 몇 가지를 떠먹여 주기 시작할 정도로, *내* 마음 일부를 *지니에게* 도로 흘려 넣기 시작할 만큼……."

"그게 무슨 뜻이야?" 입이 바싹 마른 채 해리가 물었다.

"아직도 모르겠어, 해리 포터?" 리들이 부드러운 목소리로 말했다. "지니 위즐리가 비밀의 방을 열었어. 저 애가 학교 수탉들의 목을 비틀고 벽에 위협적인 메시지를 남겼단 얘기야. 지니가 머드블러드 넷과 그 스큅의 고양이한테 슬리데린의 뱀을 풀어놓은 거라고."

"아냐." 해리가 작은 소리로 반박했다.

"맞아." 리들이 차분하게 말했다. "물론, 저 애도 처음에는 자기가 뭘 하는지 알지 못했지. 꽤 재미있었어. 너도 저애가 새로 쓴 일기 내용을 봤다면 좋았을 텐데……. 내용이 훨씬 재미있어졌거든. 이렇게……. '톰에게'." 그가 겁에 질린 해리의 얼굴을 보며 읊기 시작했다. "'기억이 사라지는 것 같아. 로브에 닭 털이 잔뜩 묻어 있었는데 어쩌다 묻었는지 모르겠어. 톰에게, 핼러윈 밤에 뭘 했는지 기억이 안나. 그런데 고양이 한 마리가 공격당했고 내 옷 앞자락에 페인트가 잔뜩 묻어 있었어. 톰에게, 퍼시가 계속 나한테 창백하고 평소답지 않다고 해. 나를 의심하는 것 같아……. 오늘 또 습격이 있었는데 내가 어디에 있었는지 모르겠어. 톰, 난 어떻게 해야 할까? 내가 미쳐 가나 봐……. 모두를 공격하고 있는 게 바로 나인 것 같아, 톰!'"

해리는 두 주먹을 꽉 쥐었다. 손톱이 손바닥 깊숙이 파고들었다.

"멍청한 지니가 일기장을 더 이상 믿지 않게 되기까지는 꽤 오랜 시간이 걸렸어." 리들이 말했다. "그래도 결국엔 수상쩍게 여기고 일기장을 버리려고 했지. 그런데 *네가* 등장한 거야, 해리. 네가 일기장을 발견해서, 나는 그 이상 즐거울 수 없었지. 하고많은 사람 중에 바로 *너*, 내가 누구보다도 만나기를 열망했던 네가 일기장을 주웠으니까……."

"나를 왜 만나고 싶었는데?" 해리가 물었다. 화가 치솟아서 목소리를 침착하게 유지하려면 애를 써야 했다.

"뭐, 글쎄. 지니가 너에 대해 다 말해 줬거든, 해리." 리들이 말했다. "너의 그 굉장히 흥미로운 이야기 전부를 말이야." 두리번거리던 그의 시선이 해리의 이마에 있는 번개모양 흉터에 머물렀다. 리들의 표정에 갈망하는 빛이 더 짙어졌다. "난 너에 대해서 더 많은 걸 알아내야 한다는 걸, 너와 이야기하고, 가능하다면 너를 만나야 한다는 걸 알게 됐어. 그래서 너의 신뢰를 얻기 위해, 그 덩치만 큰 얼간이 해그리드를 붙잡은 내 유명한 업적을 보여 주기로 결심한 거지."

"해그리드는 내 친구야." 해리가 말했다. 어느새 목소리가 떨리고 있었다. "네가 누명 씌운 거 아니야? 나는 네가 실수한 거라고 생각했는데……."

리들은 또다시 특유의 높은 웃음을 웃었다.

"내 말과 해그리드의 진술이 엇갈리는 상황이었어, 해리. 뭐, 늙은이 아만도 디핏한테 어떻게 보였을지는 너도 상상할 수 있을 거야. 한쪽에는 가난하지만 영특하고, 부모는 없지만 매우 용감한, 학교 반장에다 모범생인 톰 리들이 있었지. 다른 쪽에는 1주일이 멀다 하고 문제를 일으키고, 침대 밑에서 늑대인간 새끼를 키우려 들고, 트롤과 레슬링을 하겠다며 몰래 금지된 숲으로 들어가는 덩치만 큰 덤벙이 해그리드가 있고. 하지만 나도 인정해. 그 계획이 그렇게 잘 먹힐 줄은 나도 몰랐어. 누군가는 틀림없이 해그리드가 슬리데린의 후계자일 리 없다는 걸 알아챌 거라고 생각했거든. 나도 비밀의 방에 관해서 알아낼 수 있는 건 모두 알아내고 비밀 출입구를 발견하기까지 5년이나 걸렸는데…… 해그리드한테 그럴 만한 머리나 힘이 있을 리가! 오직 변환 마법 교수인 덤블도어만이 해그리드가 결백하다고 생각하는 것 같았지. 덤블도어는 디핏을 설득해 해그리드를 학교에 두고 숲지기로 훈련시켰어. 그래, 덤블도어는 짐작했을지도 몰라. 그자는 다른 교수들만큼 나를 좋아하진 않는 것 같았거든……."

"덤블도어 교수님은 분명 널 꿰뚫어 봤을 거야." 해리가 이를 악물고 말했다.

"글쎄, 해그리드가 퇴학당하고부터 짜증 날 정도로 가까이서 날 감시한 건 분명해." 리들이 태평하게 말했다. "학교에 다니는 동안 비밀의 방을 다시 여는 건 안전하지 않다는 생각이 들었지. 하지만 비밀의 방을 찾느라 보낸 그 오랜 시간을 헛되이 할 생각은 없었어. 그래서 일기장을 남기기로 결심한 거야. 나의 열여섯 살 시절을 그 페이지 안에 보존해 두면, 언젠가 운이 따라 줄 때 또 다른 사람이 내 발자취를 좇아 살라자르 슬리데린의 고귀한 임무를 마치도록 이끌 수 있을 테니까."

"뭐, 그 계획은 실패했네." 해리가 의기양양하게 말했다. "이번엔 아무도 죽지 않았어. 심지어 고양이도. 몇 시간 뒤에 맨드레이크 물약이 완성되면 석화된 사람들 모두 회복될 거야."

"내가 아직 얘기 안 했던가?" 리들이 조용히 말했다. "머드블러드를 죽이는 건 더 이상 내 관심사가 아니라니까? 지난 몇 달 동안 내 새로운 표적은…… 너였어."

해리는 그를 뚫어지게 바라보았다.

"내 일기장이 펼쳐졌을 때 나한테 글을 쓰고 있는 사람이 네가 아니라 지니였다니, 내가 얼마나 화가 났을지 생각해 봐. 지니는 네가 일기장을 가지고 있는 걸 봤고, 너도 짐작하겠지만 겁에 질렸지. 네가 일기장을 작동시키는 법을 알아내면 어쩌지? 내가 자기 비밀을 너한테 다 말해 버리면 어쩌지? 그것도 모자라, 내가 너한테 수탉의 목을 비틀어

죽인 게 누군지 말했다면? 그래서 그 멍청한 계집애는 네 기숙사 침실이 빌 때까지 기다렸다가 일기장을 다시 훔쳐 낸 거야. 하지만 나는 뭘 해야 할지 알고 있었지. 넌 분명 슬리데린의 후계자를 뒤쫓고 있었으니까. 지니가 다 얘기 해 준 덕분에 나는 네가 그 수수께끼를 풀 수만 있다면 무 슨 짓이든 하리라는 걸 알았어. 네 가장 친한 친구 중 한 명 이 공격당하면 더욱 그럴 테고. 게다가 지니는 나한테 네가 뱀의 말을 할 줄 안다고 전교생이 수군거린다는 얘기도 해 줬거든……. 그래서 나는 지니에게 벽에다 직접 작별 인사 를 쓰게 하고 여기 와서 기다리게 했어. 지니는 발버둥치 고 울부짖다가 아주 지루하게 변했지. 어쨌든 저 애는 목 숨이 얼마 남지 않았어. 일기장에, 나에게 너무 많은 걸 쏟 아부었거든. 마침내 내가 일기장 페이지에서 나올 수 있을 만큼 말이지. 난 지니와 함께 여기 온 뒤로 쭉 너를 기다리 고 있었어. 네가 올 줄 알았어. 너한테 물어볼 게 많아, 해 리 포터."

"어떤 거?" 해리가 여전히 주먹을 꽉 쥔 채 내뱉었다.

"글쎄." 리들이 즐거운 듯 미소 지으며 말했다. "비범한 마법적 재능도 갖추지 못한 아기가 어떻게 역사상 가장 위 대한 마법사를 물리쳤을까? 어째서 볼드모트 경의 힘은 파

괴되었는데 넌 흉터 하나만 생기고 살아남았을까?"

리들의 굶주린 눈에 어느새 기묘한 붉은빛이 번뜩였다.

"내가 어떻게 살아남았는지가 왜 궁금해?" 해리가 천천
히 말했다. "볼드모트는 너보다 후대 사람이잖아."

"볼드모트는" 하고, 리들이 부드럽게 입을 열었다. "내
과거이자 현재이자 미래야, 해리 포터……."

그는 주머니에서 해리의 마법 지팡이를 꺼내 허공에다
희미하게 빛나는 세 단어를 썼다.

TOM MARVOLO RIDDLE
톰 마블로 리들

그가 지팡이를 한 번 휘두르자 이름을 이루는 글자들이
저절로 재배치되었다.

I AM LORD VOLDEMORT
내가 볼드모트 경이다

"알겠어?" 그가 속삭였다. "볼드모트는 내가 호그와트에
있을 때 이미 사용하던 이름이었어. 물론 가장 가까운 친구

들 사이에서만 말이야. 내가 더러운 머글 아버지의 이름을 영원히 사용할 거라고 생각했어? 내가, 어머니에게서 다름 아닌 살라자르 슬리데린의 피를 물려받은 내가? 이 내가, 자기 아내가 마법사였다는 사실을 알자마자, 내가 태어나기도 전에 나를 버린 그 역겹고 천한 머글의 이름을 계속 쓸 거라고? 아니지, 해리. 난 나를 위해 새로운 이름을 마련했어. 언젠가 내가 이 세상에서 가장 위대한 마법사가 됐을 때 만방의 마법사들이 두려워서 감히 입에 담지도 못할 이름을 말이야!"

해리는 얼떨떨했다. 그는 훗날 그의 부모님을 비롯한 수많은 사람을 죽인 고아 소년 리들을 바라보았다……. 마침내 해리는 힘겹게 입을 열었다.

"넌 아니야." 해리가 증오로 가득 찬 나직한 목소리로 말했다.

"뭐가 아니라는 거지?" 리들이 쏘아붙였다.

"넌 세상에서 가장 위대한 마법사가 아니라고." 해리가 가쁘게 숨을 쉬며 말했다. "너와 네 추종자들을 실망시켜서 미안한데, 세상에서 가장 위대한 마법사는 알버스 덤블도어야. 다들 그렇게 말해. 네 힘이 강했던 시절에도 넌 감히 호그와트를 차지하려는 시도조차 못 했어. 덤블도어 교수님은 네가 학교에 있을 때 이미 널 꿰뚫어 봤고, 지금도 넌 그분을 두려워해. 어디에 숨어 있는지는 모르겠지만."

리들의 얼굴에서 미소가 사라지고 대신 아주 추한 표정이 자리 잡았다.

"덤블도어는 단지 내 기억만으로 이 성에서 쫓겨났어!" 그가 식식거렸다.

"네 생각처럼 아주 떠난 건 아냐!" 해리가 반박했다. 리들에게 겁을 주고 싶어서 마구 내뱉으면서도 그것이 사실이길 바랐다.

리들은 입을 열었다가, 곧 얼어붙었다.

어디선가 음악 소리가 들려오고 있었다. 리들은 몸을 빙그르르 돌려 텅 빈 방을 뚫어지게 바라보았다. 음악 소리는 점점 커지고 있었다. 으스스하고 등골 오싹하고 이 세상 소리 같지 않은 음악이었다. 해리는 머리털이 곤두서고 심장이 두 배로 부풀어 오르는 것을 느꼈다. 음악 소리가 갈비뼈 안에서 진동하는 느낌이 들 만큼 높은 음에 달한 그 순간, 가장 가까운 기둥 꼭대기에서 불꽃이 터져 나왔다.

백조만 한 진홍색 새 한 마리가 나타나 아치형 천장 아래서 그 기묘한 음악을 만들어 내고 있었다. 새는 공작처럼 길고 반짝이는 황금색 꼬리를 갖고 있었고, 번뜩이는 황금색 발톱으로 웬 너덜너덜한 꾸러미를 그러쥐고 있었다.

잠시 후, 그 새가 해리에게 곧장 날아왔다. 새는 들고 있던 너덜너덜한 물건을 해리의 발 앞에 떨어뜨리고는 그의 어깨에 묵직하게 내려앉았다. 새가 커다란 날개를 접자 해리는 눈을 들어 그 길고 날카로운 황금색 부리와 또렷한 검은 눈동자를 바라보았다.

새가 노래를 멈췄다. 새는 여전히 해리의 어깨에 가만히, 평온하게 자리를 잡고 한결같이 리들을 응시하고 있었다.

"불사조로군……." 리들이 빈틈없는 눈으로 그 새를 마주 바라보며 말했다.

"폭스?" 해리가 속삭이자 새가 황금색 발톱으로 그의 어깨를 부드럽게 그러쥐는 것이 느껴졌다.

"그리고 저건……." 어느새 폭스가 떨어뜨린 너덜너덜한 물건을 의심스럽게 쳐다보며 리들이 말했다. "낡아 빠진 학교 기숙사 배정 모자고."

정말 그랬다. 누덕누덕 기워지고 해지고 더러운 그 모자가 해리의 발 앞에 가만히 놓여 있었다.

리들이 다시 웃음을 터뜨렸다. 어찌나 크게 웃는지, 마치 열 명의 리들이 한꺼번에 웃는 것처럼 어두운 방이 쩌렁쩌렁 울렸다.

"덤블도어는 자기편한테 이런 걸 보내는군! 노래하는 새와 낡은 모자라니! 용기가 생기나, 해리 포터? 이제 안심이 돼?"

해리는 대답하지 않았다. 폭스나 기숙사 배정 모자가 무슨 도움이 될지는 모르겠지만 그는 더 이상 혼자가 아니었다. 해리는 점점 용기가 솟는 것을 느끼며 리들이 웃음을 멈추기를 기다렸다.

"본론으로 돌아가면, 해리." 리들이 여전히 활짝 미소 지으며 말했다. "우리는 이미 두 번이나 만났어. *너의 과거이자 나의 미래*에서. 그리고 나는 두 번 다 너를 죽이지 못했지. 넌 어떻게 살아남은 거지? 전부 말해 봐. 이야기가 길어질수록……" 하더니 그가 부드럽게 덧붙였다. "네가 살아 있는 시간도 늘어날 거야."

해리는 빠르게 머리를 굴리며 가능성을 따져 보았다. 리들에게는 마법 지팡이가 있었다. 그에게, 해리에게는 폭스와 기숙사 배정 모자가 있었지만, 둘 중 어느 것도 결투에서는 별 쓸모가 없을 것이다. 정말이지 상황이 안 좋아 보였다. 하지만 리들이 저기 오래 서 있을수록 지니의 생명은 점점 더 줄어든다. 그사이 해리는 문득 리들의 윤곽이 점점 더 선명하고 견고해지고 있다는 것을 깨달았다. 만약 리들과 싸워야 한다면 빨리 시작하는 게 나았다.

"네가 날 공격했을 때 어째서 힘을 잃었는지는 아무도 몰라." 해리가 불쑥 말했다. "나 자신도 모르고. 하지만 네가 왜 날 죽이지 못했는지는 알아. 우리 어머니가 날 구하려고 돌아가셨기 때문이야. 머글 집안에서 태어난 평범한 내 어머니가." 해리는 분노를 억누르느라 몸을 떨며 덧붙였다. "우리 어머니가, 네가 나를 죽이지 못하게 막은 거야. 난 네 진짜 모습을 본 적이 있어. 작년에 봤지. 너는 만신창이였어. 살아 있다고 말할 수도 없을 정도로. 그 잘난 힘의 끝이 결국 그거야. 넌 숨어 있는 신세야. 너는 추악하고, 역겨워!"

리들의 얼굴이 일그러졌다. 그는 곧 애써 끔찍한 미소를 지어냈다.

"그렇단 말이지. 네 어머니가 너를 구하려고 죽었다. 그래, 그건 강력한 반격 마법이지. 이제 알겠군. 결국 너한테는 특별한 게 전혀 없었어. 있지, 난 궁금했어. 너랑 나 사이에는 이상하게 닮은 점들이 있잖아, 해리 포터. 너도 분명 알아챘을 거야. 둘 다 머글 집안의 피가 섞인 데다, 고아에, 머글 손에서 자랐지. 아마 위대한 슬리데린 이후 호그와트에 입학한 파셀마우스는 너와 나 둘뿐일 거야. 우린 심지어 *생긴 것도 어딘지 비슷해……*. 하지만 어쨌거나 네가 나한테서 살아남은 건 그저 운이 좋았기 때문이야. 내가 알고 싶었던 건 그게 전부야."

해리는 긴장한 채 리들이 지팡이를 들어 올리기만 기다렸다. 하지만 리들의 얼굴에는 또다시 비틀린 미소가 번지고 있었다.

"그럼, 해리, 내가 널 좀 따끔하게 가르쳐야겠다. 살라자르 슬리데린의 후계자이신 볼드모트 경과 유명하신 해리 포터, 그리고 덤블도어가 보내 준 최고 무기의 힘을 겨뤄 보자."

그는 즐거워하는 눈길로 폭스와 기숙사 배정 모자를 한 번 쳐다보더니 저만치 걸어갔다. 해리는 무감각한 다리에 공포가 번지는 것을 느끼며, 높은 기둥 사이에 멈춰 선 리들이 저 높이 어둠에 반쯤 잠겨 있는 슬리데린의 돌 얼굴을 올려다보는 모습을 바라봤다. 리들이 입을 크게 벌리더니 쉭쉭거렸다. 그러나 해리는 그가 무슨 말을 하는지 알아들었다.

"*제게 말씀하소서, 슬리데린이여, 네 명의 호그와트 창립자 가운데 가장 위대하신 이여.*"

해리가 몸을 돌려 조각상을 올려다보자 그의 어깨 위에

서 폭스가 흔들거렸다.

슬리데린의 거대한 돌 얼굴이 움직이고 있었다. 해리는 공포에 질린 채, 석상의 입이 점점 크게 벌어지면서 커다란 검은 구멍을 드러내는 모습을 바라보았다.

그 입안에서 무언가 슬쩍 움직였다. 뭔가가 조각상 깊은 곳에서부터 스르르 올라오고 있었다.

해리는 뒷걸음질 치다가 비밀의 방의 컴컴한 벽에 부딪쳤다. 눈을 꾹 감는 순간 폭스가 날아가면서 날개가 뺨을 스치는 게 느껴졌다. 해리는 "날 두고 가지 마!"라고 소리치고 싶었지만, 불사조 한 마리가 뱀들의 왕을 이길 가능성이 얼마나 되겠는가?

뭔가 거대한 것이 돌바닥에 떨어졌다. 해리는 그것이 부르르 떠는 것을 느꼈다. 그는 무슨 일이 벌어지고 있는지 알았다. 느낄 수 있었다. 슬리데린의 입에서 나온 거대한 뱀이 똬리를 푸는 모습이 눈에 보이는 듯했다. 그때 리들이 쉭쉭거리는 소리가 들렸다. "죽여."

바실리스크가 해리 쪽으로 움직이고 있었다. 바실리스크의 육중한 몸이 먼지투성이 바닥을 묵직하게 미끄러지는 소리가 들려왔다. 해리는 여전히 눈을 꾹 감고 양손을 쭉 뻗어 앞을 더듬으면서 무작정 옆걸음으로 도망치기 시작했다. 리들이 웃음을 터뜨렸다…….

해리는 발을 헛디뎠다. 돌바닥에 철퍼덕 넘어지자 입에서 피 맛이 느껴졌다. 뱀은 아주 가까운 곳에 있었다. 놈이 다가오는 소리가 들렸다.

해리의 바로 위에서 크게 쉭쉭거리는 소리가 터져 나오나 싶더니, 뭔가 묵직한 것이 해리를 강타해 그를 벽에다 내동댕이쳤다. 송곳니에 몸이 뚫리는 건 시간문제라 생각하고 있을 때, 더욱 격렬하게 쉭쉭거리는 소리와 뭔가가 기둥을 마구 때리는 소리가 들렸다.

해리는 참지 못하고, 무슨 일이 벌어지는지 볼 수 있을 만큼만 샛눈을 떴다.

독을 품고 있을 것 같은 밝은 초록색에 오크나무 몸통만큼이나 굵은 어마어마한 크기의 뱀이 몸을 공중으로 꼿꼿이 세운 채 기둥 사이로 그 거대하고 뭉툭한 머리를 취한 듯 이리저리 흔들고 있었다. 뱀이 고개를 돌리면 바로 눈을 감을 준비를 하고 떨고 있을 때, 뭔가가 뱀의 주의를 흐트러뜨리는 것이 보였다.

폭스가 뱀의 머리 주위를 날아다니고, 바실리스크는 사브르 칼만큼 길고 가는 송곳니로 사납게 폭스를 물어뜯으려 하고 있었다.

폭스가 급강하했다. 긴 황금색 부리가 보이지 않는 곳으로 쑥 들어가는가 싶더니 돌연 짙은 피가 바닥에 흩뿌려졌다. 마구 요동치던 뱀의 꼬리가 가까스로 해리를 비켜 갔다. 해리가 눈을 감을 새도 없이 놈이 고개를 돌렸다. 해리는 놈의 얼굴을 똑바로 바라보았다. 불사조에게 찔린, 크고 둥글납작한 노란색 두 눈이 보였다. 피가 바닥으로 철철 흘러넘쳤고, 뱀은 고통에 겨워 캬캬거렸다.

"안 돼!" 리들의 비명이 들렸다. "새는 놔둬! 새는 그냥 두라고! 아이는 네 뒤에 있어! 아직 냄새는 맡을 수 있잖아! 그 애를 죽여!"

눈먼 뱀은 몸을 마구 흔들었다. 그것은 혼란에 빠져 있었지만, 여전히 위험했다. 폭스가 으스스한 노래를 부르며 뱀의 머리 주위를 빙빙 돌면서, 비늘로 덮인 바실리스크의 코를 마구 쪼아 댔다. 놈의 상처 난 눈에서는 아직도 피가 쏟아져 나왔다.

"도와주세요, 도와주세요." 해리는 간절하게 중얼거렸다. "누가 좀…… 누구라도!"

뱀의 꼬리가 다시 바닥을 때렸다. 해리는 몸을 수그렸다. 뭔가 부드러운 것이 얼굴에 닿았다.

바실리스크의 움직임에 기숙사 배정 모자가 해리의 품안

으로 휩쓸려 들어온 것이다. 해리는 모자를 꽉 잡았다. 그것이 해리에게 남은 유일한 희망이었다. 또다시 바실리스크의 꼬리가 머리 위로 휘둘러지자, 해리는 모자를 눌러쓰고 바닥에 납작하게 엎드렸다.

'도와주세요…… 도와줘요…….' 해리는 모자 아래서 눈을 꽉 감고 생각했다. '제발 도와줘!'

응답하는 목소리는 없었다. 대신, 보이지 않는 손이 움켜쥐기라도 한 듯 모자가 오그라들었다.

뭔가 아주 딱딱하고 무거운 것이 머리로 툭 떨어지는 바람에 해리는 하마터면 기절할 뻔했다. 눈앞에서 별이 번쩍거리는 와중에 해리는 모자를 벗으려고 그 끄트머리를 잡았다. 그러자 모자 안에서 뭔가 길고 단단한 것이 만져졌다.

모자 안에서 번뜩이는 은빛 검이 나타났다. 달걀만 한 루비 여러 개가 박힌 손잡이가 반짝거렸다.

"그 애를 죽여! 새는 놔둬! 그 애가 네 뒤에 있어! 냄새를 맡아. 아이의 냄새를 맡으라고!"

해리는 일어서서 공격 자세를 취했다. 바실리스크의 머리가 내려오고 있었다. 놈은 똬리를 튼 채 해리를 마주 보려고 몸을 뒤틀다가 기둥들에 부딪쳤다. 해리는 피로 범벅된 커다란 눈구멍을 보았다. 놈은 해리가 들고 있는 검만큼이나 길고 가느다랗고 번쩍이는 독니가 나란히 박힌 입을 크게 벌렸다. 금방이라도 해리를 통째로 삼킬 것만 같았다……

바실리스크는 무작정 돌진했다. 해리가 재빨리 피한 덕분에 놈은 벽에 부딪쳤다. 놈이 다시 돌진해서 갈라진 혀로 해리의 옆구리를 공격했다. 해리는 두 손으로 검을 들어 올렸다.

바실리스크가 다시 달려들었다. 이번에는 목표를 정확히 겨냥하고 있었다. 해리는 온 무게를 검에 실어 뱀의 입천장 깊숙이 꽂아 넣었다.

그러나 따뜻한 피가 해리의 팔을 적셔 왔을 때, 팔꿈치 바로 위에서 타는 듯한 통증이 느껴졌다. 긴 독니 하나가 해리의 팔에 박혀 점점 더 깊숙이 들어가더니, 바실리스크가 옆으로 기울어지다가 경련하면서 바닥에 쓰러지자 뚝 부러져 버렸다.

해리는 벽에 기댄 채 스르르 미끄러졌다. 몸 전체로 독을 퍼뜨리고 있는 송곳니를 움켜쥐고 팔에서 뽑았다. 하지만 너무 늦었다는 걸 알았다. 상처에서부터 극심한 통증이 천천히 퍼져 나가고 있었다. 송곳니를 떨어뜨리고 자신의 피가 로브를 물들이는 것을 본 순간 시야가 흐려졌다. 비밀의 방이 탁한 색깔의 소용돌이 속으로 점점 사라지고 있었다.

진홍색을 띤 뭔가가 그 소용돌이 속을 헤치고 오는가 싶더니, 옆에서 발톱이 부드럽게 달각거리는 소리가 들렸다.

"폭스." 해리가 탁한 목소리로 입을 열었다. "정말 잘했어, 폭스……." 해리는 뱀의 송곳니가 꿰뚫은 자리에 새가 그 아름다운 머리를 내려놓는 것을 느꼈다.

발소리가 울리더니 검은 그림자가 그의 앞으로 다가왔다.

"넌 죽은 거야, 해리 포터." 머리 위에서 리들의 목소리가 들렸다. "죽었다고. 덤블도어의 새도 알잖아. 녀석이 뭘 하는지 보여, 포터? 울고 있어."

해리는 눈을 깜빡였다. 눈앞에서 폭스의 머리가 또렷이 보였다가 다시 스르륵 흐려졌다. 진주 같은 굵은 눈물방울이 윤기 나는 깃털 아래로 톡톡 떨어지고 있었다.

"난 여기 앉아서 네가 죽는 걸 지켜볼 거야, 해리 포터. 천천히 해. 나야 급할 것 없으니까."

해리는 나른함을 느꼈다. 주위 모든 것이 빙빙 도는 것 같았다.

"유명하신 해리 포터도 이렇게 끝나는군." 리들의 목소리가 아득하게 들렸다. "친구들한테 버림받은 채 홀로 비밀의 방에서, 멍청하게도 어둠의 왕에게 도전했다가 마침내 패배해서 말이야. 넌 머잖아 사랑하는 머드블러드 어머니에게로 돌아갈 거야, 해리……. 그 여자는 어쩌다 네가 12년을 더 살게 해 줬지만…… 결국 볼드모트 경이 널 끝장냈어. 너도 이렇게 될 수밖에 없다는 걸 알았겠지."

해리는 생각했다. '이게 죽어 가고 있는 거라면, 그렇게 나쁘지 않은걸.' 심지어 통증마저 사라지고 있었다…….

그런데 과연 이게 죽고 있는 걸까? 눈앞이 캄캄해지는 대신 비밀의 방이 다시 또렷해지는 것 같았다. 해리는 살짝 고개를 저었다. 폭스는 그때까지도 해리의 팔에 머리를 얹고 있었다. 상처 주위에 온통 진주 같은 눈물자국이 빛나고 있었다. 다만 상처는 더 이상 없었다.

"꺼져, 이놈의 새." 돌연 리들의 목소리가 들렸다. "그 녀석한테서 떨어져. *꺼지라니까!*"

해리는 머리를 들었다. 리들이 해리의 마법 지팡이로 폭스를 겨누고 있었다. 총소리 같은 굉음이 나더니 폭스가 황금색과 진홍색 소용돌이를 그리며 다시 한 번 날아올랐다.

"불사조의 눈물……." 리들이 해리의 팔을 바라보며 조용히 말했다. "그랬지……. 치유의 힘이 있는데…… 깜빡했군……."

그가 해리의 얼굴을 바라보았다. "하지만 그렇다고 달라질 건 없어. 사실, 나도 이편이 더 좋아. 너랑 나만 남았어, 해리 포터…… 너랑 나만…….”

리들이 마법 지팡이를 들어 올렸다.

그때 세찬 날갯짓과 함께 폭스가 다시 머리 위로 날아오르자 뭔가가 해리의 무릎 위에 떨어졌다. 일기장이었다.

짧은 순간 해리도, 여전히 지팡이를 치켜들고 있는 리들도 그 일기장을 뚫어지게 바라보았다. 그런 다음, 생각할 것도 없이, 고민하지도 않고, 처음부터 이렇게 할 작정이었던 것처럼, 해리는 옆에 떨어져 있던 바실리스크의 송곳니를 집어 그대로 일기장 한가운데에 꽂아 넣었다.

끔찍하고 귀청이 찢어질 듯한 비명 소리가 길게 이어졌다. 일기장에서 폭포수처럼 뿜어져 나온 잉크가 해리의 손을 타고 바닥에 흘러내렸다. 리들은 고통에 몸부림치면서 온몸을 비틀고 비명을 지르고 팔다리를 버둥대더니……

사라져 버렸다. 해리의 마법 지팡이가 바닥에 탁 떨어지자 정적이 흘렀다. 일기장에서 끊임없이 잉크가 뿜어 나와 ‘뚝뚝’ 흘러내리는 소리만 들릴 뿐이었다. 바실리스크의 독이 일기장에 타 버린 듯한 구멍을 내놓은 것이다.

해리는 부들부들 떨면서 몸을 일으켰다. 플루 가루로 아주 먼 거리를 여행한 것처럼 머리가 핑핑 돌았다. 그는 천천히 마법 지팡이와 기숙사 배정 모자를 주워 든 다음, 바실리스크의 입천장에서 번쩍이는 검을 힘껏 뽑았다.

그때 비밀의 방 끝에서 희미한 신음이 들렸다. 지니가 꿈틀거리고 있었다. 해리가 허겁지겁 그쪽으로 가는 사이 지니는 일어나 앉았다. 지니의 멍한 시선이 죽은 바실리스크의 거대한 형체에서 피투성이가 된 로브를 입고 있는 해리에게로, 그가 들고 있는 일기장으로 옮겨 갔다. 지니는 크게 몸서리치면서 숨을 들이켰다. 그녀의 얼굴로 눈물이 흘러내렸다.

"해리…… 아, 해리…… 아, 아침 식사 시간에 전부 얘기하려고 했어. 그런데 퍼시 앞에서는 말할 수가 어, 없었어. 나였어, 해리. 하지만 매, 맹세코 일부러 그런 건 아, 아냐. 리, 리들이 시킨 거야. 내 정신을 지배해서……. 그런데저, 저걸 어떻게 죽였어? 리들은 어, 어딨어? 내, 내가 마지막으로 기억하는 건 리들이 일기장에서 나오던 모습인데……."

"괜찮아." 해리가 일기장을 들어 올려 지니에게 송곳니로 뚫은 구멍을 보여 주면서 말했다. "리들은 끝장났어. 봐! 바실리스크도 죽었어. 가자, 지니. 여기서 나가자."

"난 퇴학당할 거야!" 해리가 서툴게 그녀를 부축해 일으키자 지니가 훌쩍거렸다. "비, 빌이 입학한 뒤로 계속 호그와트에 들어가기를 바랐는데 이, 이제 떠나야 하다니…… 어, 엄마랑 아빠가 뭐라고 하실까?"

폭스가 비밀의 방 입구를 맴돌며 그들을 기다리고 있었다. 해리는 지니를 재촉해 앞으로 나아갔다. 그들은 똬리를 튼 채 움직이지 않는 바실리스크의 시체를 넘어 어둑한 방 안에 발소리를 울리며 터널로 돌아갔다. 뒤에서 돌문이 부드럽게 쉭 닫히는 소리가 들렸다.

깜깜한 터널을 얼마쯤 걸어가자, 멀찍이서 천천히 바위들을 옮기는 소리가 들려왔다.

"론!" 해리가 걸음을 빨리하며 소리쳤다. "지니는 무사해! 내가 데려왔어!"

론의 목멘 환호성이 들렸다. 다음 굴곡을 돌자 론이 떨어진 바위 사이에 간신히 만들어 낸 제법 넓은 틈새로 그의 간절한 얼굴이 보였다.

"지니!" 론이 바위 틈새로 팔을 넣어 가장 먼저 지니를 끌어당겼다. "살아 있었구나! 이럴 수가! 무슨 일이 있었던 거야?"

론이 지니를 끌어안으려 했지만 지니는 훌쩍거리며 그를 밀어냈다.

"무사하니 됐어, 지니." 론이 환하게 웃으며 말했다. "이제 다 끝났어. 저건…… 저 새는 어디서 온 거야?"

폭스가 지니를 따라 바위 틈새로 날아들어 갔다.

"덤블도어 교수님의 새야." 해리가 틈새로 몸을 욱여넣으며 말했다.

"그 검은 또 어디서 났고?" 론이 해리의 손에서 번쩍이는 무기를 보고 입을 쩍 벌리며 물었다.

"나가서 설명해 줄게." 해리가 지니를 흘깃 곁눈질하며 말했다.

"하지만……."

"나중에." 해리가 재빨리 말을 끊었다. 아직은 론에게 누가 비밀의 방을 열었는지 말하지 않는 게 좋을 것 같았다. 어쨌든 지니 앞에서는 그랬다. "록하트는?"

"저 뒤에." 론이 씩 웃고는 수도관이 있는 터널 쪽으로 고개를 까딱하며 말했다. "상태가 안 좋아. 가서 봐 봐."

그들은 어둠 속에서 커다란 진홍색 날개로 부드러운 황금빛을 뿜어내는 폭스를 따라 수도관 입구를 향해 길을 되짚어 갔다. 길더로이 록하트는 거기에 앉아 홀로 평온하게 콧노래를 부르고 있었다.

"기억이 사라졌어." 론이 말했다. "망각 마법이 거꾸로

발사돼서 우리가 아니라 저 사람을 맞힌 거야. 자기가 누군
지, 여기가 어딘지, 우리가 누군지 하나도 몰라. 내가 여기
서 기다리라고 했어. 록하트는 지금 자기 자신한테도 위험
한 상태거든."

록하트가 온화한 눈으로 그들 모두를 올려다보았다.

"안녕." 그가 말했다. "이상한 곳이구나. 여기 말이야. 그
렇지 않니? 너희는 여기에 사니?"

"아뇨." 론이 해리를 향해 눈썹을 치켜올리며 말했다.

해리는 허리를 구부린 채로 길고 어두운 수도관을 올려
다보았다.

"어떻게 다시 올라갈지는 생각해 봤어?" 그가 론에게 물
었다.

론이 고개를 젓는데 불사조 폭스가 해리 옆으로 날아들
더니 어둠 속에서 눈을 빛내며 그의 앞에서 날개를 퍼덕거
렸다. 폭스는 긴 황금색 꼬리 깃을 흔들고 있었다. 해리는
의아한 눈으로 폭스를 바라보았다.

"너보고 자기를 잡으라는 것 같은데……." 론이 당혹스
러운 얼굴로 말했다. "하지만 새 한 마리가 저 위까지 끌어
올리기에 넌 너무 무겁잖아."

해리가 말했다. "폭스는 평범한 새가 아냐." 그는 재빨리

다른 사람들을 보았다. "서로서로 잡아 줘야 해. 지니, 론의 손을 잡아. 록하트 교수님."

"당신을 말하는 거예요." 론이 록하트에게 매섭게 말했다. "교수님이 지니의 다른 쪽 손을 잡으세요."

해리가 검과 기숙사 배정 모자를 허리띠 안으로 밀어 넣자 론이 해리의 로브 뒷자락을 잡았고, 해리는 손을 뻗어 희한하게 뜨거운 폭스의 꼬리 깃을 잡았다.

놀랄 만한 가벼움이 온몸으로 번지는가 싶더니, 다음 순간 그들은 수도관 속을 날고 있었다. 아래에 매달린 록하트가 "놀랍다! 놀라워! 꼭 마법 같은걸!" 하고 외치는 소리가 들렸다. 해리의 머리카락 사이로 서늘한 공기가 휙휙 지나갔다. 미처 비행을 다 즐기기도 전에 네 사람 모두 울보 머틀의 축축한 화장실 바닥에 착지했다. 록하트가 모자를 똑바로 쓰는 사이 세면대가 스르르 제자리로 돌아와 수도관을 숨겼다.

머틀은 눈을 휘둥그레 뜨고 그들을 바라보았다.

"살아 있네." 그녀가 해리를 향해 멍하니 말했다.

"그렇게 실망한 티를 낼 건 없잖아." 해리가 피와 점액질 얼룩을 안경에서 닦아 내며 기분 나쁜 듯 말했다.

"아, 뭐…… 그냥 생각한 게 있어서 그래. 네가 죽었다면 기꺼이 내 변기를 같이 쓰게 해 줬을 거야." 머틀이 얼굴을 은빛으로 물들이며 말했다.

"웩!" 화장실에서 텅 빈 어두운 복도로 나가며 론이 말했다. "해리! 머틀이 너한테 반한 것 같은데. 경쟁자가 생겼구나, 지니!"

하지만 여전히 지니의 얼굴에는 소리 없이 눈물만 주르륵 흘러내리고 있었다.

"이제 어디로 가지?" 론이 지니를 보며 불안한 듯 물었다. 해리는 손가락으로 앞을 가리켰다.

폭스가 황금빛을 내뿜으며 복도를 따라 길을 안내하고 있었다. 그들은 폭스를 쫓아 성큼성큼 나아가다가, 잠시 후 맥고나걸 교수의 연구실 앞에 도착했다.

해리는 문을 두드린 다음 열었다.

18장
도비가 받은 보상

　해리, 론, 지니, 록하트가 문 앞에 나타나자 잠깐 동안 침묵이 흘렀다. 그들은 흙먼지와 점액, 그리고 (해리의 경우에는) 피로 뒤덮여 있었다. 잠시 후 비명이 터졌다.

　"지니!"

　벽난로 앞에 앉아 울고 있던 위즐리 부인이 벌떡 일어섰다. 위즐리 씨가 곧장 그녀 뒤를 따라 일어났다. 두 사람 모두 딸에게 달려갔다.

　그러나 해리의 시선은 그들을 지나쳐, 벽난로 옆에 서서 활짝 웃고 있는 덤블도어 교수에게로 향했다. 그 옆에서는 맥고나걸 교수가 가슴을 부여잡고 심호흡을 하고 있었다. 폭스가 해리의 귓가를 휙 스치고 날아가 덤블도어의 어깨

에 막 내려앉았을 때 해리는 어느새 론과 함께 위즐리 부인
의 품에 꼭 안겨 있었다.

"너희가 지니를 구했구나! 너희가 구했어! 어떻게 한 거
니?"

"우리 모두가 알아야 할 일 같군요." 맥고나걸 교수가 나
직이 말했다.

위즐리 부인이 놓아주자 해리는 잠깐 망설이다가 책상으
로 걸어가 기숙사 배정 모자와 루비가 박힌 검, 리들의 일
기장 잔해를 올려놓았다.

그런 다음 모든 것을 이야기하기 시작했다. 해리가 15분
가까이 이야기하는 동안 모두 입을 다물고 그의 말에 빠져
들었다. 형체 없는 목소리를 들었던 일, 그가 들은 목소리
가 수도관 속에 있는 바실리스크의 소리였음을 헤르미온
느가 마침내 알아낸 일, 론과 함께 거미를 쫓아 금지된 숲
으로 들어간 일, 아라고그가 바실리스크의 마지막 희생자
가 죽은 장소를 알려 준 일, 울보 머틀이 그 희생자이며 비
밀의 방 입구가 머틀의 화장실에 있을 거라고 추측한 일까
지…….

"잘 알겠다." 해리가 잠깐 말을 멈췄을 때, 맥고나걸 교수
가 그의 말을 거들었다. "그렇게 입구가 있는 곳을 알아낸

거구나. 그러기까지 교칙을 100개쯤 어겼다는 얘기를 덧붙
여야겠지만……. 그런데 너희 모두 *도대체 거기서 어떻게*
살아 나온 거냐, 포터?"

해리는 그 모든 얘기를 하느라 목이 쉬어 가면서, 폭스가
때맞춰 도착한 일과 기숙사 배정 모자가 검을 내준 일에 대
해 말했다. 하지만 그런 다음 머뭇거렸다. 지금까지는 리들
의 일기장이나 지니에 관한 이야기를 피해 왔다. 지니는 위
즐리 부인의 어깨에 머리를 기대고 서 있었는데, 아직도 양
뺨으로 소리 없는 눈물이 흘러내리고 있었다. 지니가 퇴학
당하면 어떡하지? 해리는 크게 당황해서 생각했다. 리들의
일기장은 더 이상 작동하지 않았다……. 지니에게 그 모든
일을 하도록 만든 게 리들이라는 것을 어떻게 증명할 수 있
을까?

해리는 자기도 모르게 희미하게 미소 짓고 있는 덤블도
어를 보았다. 난로 불빛이 그의 반달 모양 안경에 반사돼
번득였다.

"*내가 가장 궁금한 건*……." 덤블도어가 부드럽게 입을
열었다. "볼드모트 경이 어떻게 지니에게 마법을 걸 수 있
었느냐란다. 내 소식통에 따르면 그자는 지금 알바니아의
숲에 숨어 있거든."

해리는 따스하니 온몸을 감싸는 듯한 눈부신 안도감을 느꼈다.

"뭐, 뭐라고 하셨죠?" 위즐리 씨가 충격받은 목소리로 말했다. "'그 *사람*' 말인가요? 그자가 *지니*한테 마, 마법을 걸었다고요? 지니는 아니에요……. 지니는 그런 적이…… 지니가 그랬다고요?"

"이 일기장 때문이에요." 해리가 일기장을 집어 덤블도어에게 보여 주면서 재빨리 말했다. "리들이 열여섯 살 때 쓴 거예요."

덤블도어는 해리에게서 일기장을 건네받아, 길고 구부러진 코 아래로 그을리고 젖은 페이지를 날카롭게 내려다보았다.

"기발하군." 그가 부드럽게 말했다. "그럴 만도 하지. 그자는 호그와트에 입학했던 학생 가운데 가장 총명했으니까." 덤블도어가 도무지 영문을 모르겠다는 표정을 짓고 있는 위즐리 가족에게로 몸을 돌렸다.

"볼드모트 경이 한때 톰 리들이라고 불렸다는 걸 아는 사람은 거의 없네. 내가 직접 그 애를 가르쳤지. 50년 전, 호그와트에서. 학교를 떠난 뒤 리들은 자취를 감췄고…… 먼 곳을 두루 여행하며…… 어둠의 마법에 너무 깊이 빠지면서 매우 사악한 마법사와 어울렸다네. 위험한 마법적 변형을 너무 많이 거친 탓에 리들이 볼드모트 경으로 다시 나타났을 때는 거의 알아볼 수조차 없었지. 여기서 남학생 회장으로 뽑히기도 했던 영리하고 잘생긴 소년을 볼드모트 경과 연관 지은 사람은 아무도 없었네."

"그런데 지니가……." 위즐리 부인이 말을 더듬었다. "우리 지니가 그, 그, 그자와 무슨 상관이 있다는 건가요?"

"그 사람의 이, 일기장요!" 지니가 흐느꼈다. "제가 그 일기장에 글을 썼더니 그, 그 사람이 1년 내내 답장을 써, 써 줬어요."

"지니!" 위즐리 씨가 소스라치게 놀라며 소리쳤다. "내가 뭐라고 했니? 아빠가 항상 얘기하지 않았어? 뇌가 어디에 있는지 알 수 없는데도 스스로 생각할 수 있는 존재는 절대로 믿지 말라고 했잖아. 왜 아빠나 엄마한테 그 일기장을 보여 주지 않았니? 그렇게 수상쩍은 물건이라면 틀림없이 어둠의 마법으로 가득했을 텐데!"

"전 모, 몰랐어요." 지니가 훌쩍거렸다. "엄마가 준 책들 사이에 끼워져 있었어요. 전 누가 거기에 두고 잊어버린 거라고만 새, 생각했어요……."

"위즐리 양은 즉시 병동에 가야 하네." 덤블도어가 단호

한 말투로 끼어들었다. "이 일은 이 아이에게 끔찍한 시련이었어. 처벌은 없을 걸세. 이 아이보다 나이가 많고 현명한 마법사들도 볼드모트 경에게 현혹돼 왔지." 그는 성큼성큼 걸어가 문을 열었다. "침대에서 안정을 취하거라. 큰 컵에다 김이 모락모락 나는 코코아를 따라 마셔도 좋을 게다. 나는 그렇게 하면 늘 기분이 나아지더구나." 그가 지니에게 다정하게 눈을 빛내며 덧붙였다. "폼프리 선생님은 아직 주무시지 않을 거야. 조금 전까지 맨드레이크 즙을 나눠 주고 계셨거든. 바실리스크에게 피해를 입은 사람들도 아마 곧 깨어날 거다."

"그럼 헤르미온느도 괜찮겠네요!" 론이 밝은 목소리로 말했다.

"되돌릴 수 없는 피해는 전혀 없단다." 덤블도어가 담담하게 말했다.

위즐리 부인이 지니를 데리고 나가자, 아직 깊은 충격에서 헤어나지 못한 듯 보이는 위즐리 씨가 그 뒤를 따랐다.

"그럼, 미네르바." 덤블도어 교수가 자상한 말투로 맥고나걸 교수에게 말했다. "이 모든 게 훌륭한 연회를 베풀 만한 일 같은데요. 주방에 가서 알려 주시지 않겠어요?"

"그러죠." 맥고나걸 교수 또한 문으로 향하며 상쾌하게 말했다. "포터와 위즐리의 처분은 교수님께 맡기면 되겠지요?"

"물론입니다." 덤블도어가 말했다.

맥고나걸 교수가 연구실을 나가자 해리와 론은 머뭇거리며 덤블도어를 바라보았다. 맥고나걸 교수가 말한 '처분'이란 정확히 무슨 뜻일까? 설마…… 설마…… 벌을 받는 건 아니겠지?

"너희 둘한테 교칙을 하나라도 더 어기면 퇴학시킬 수밖에 없다고 말했던 게 기억나는데." 덤블도어가 말했다.

론은 겁에 질려서 입을 딱 벌렸다.

"가끔은 우리가 했던 말을 어기는 게 최선일 때가 있다는 걸 보여 주는 예로구나." 덤블도어가 미소 지으며 말을 이었다. "너희 둘 다 특별 공로상을 받게 될 거다. 그리고, 어디 보자…… 그래, 그리핀도르에 너희 각각 200점씩 주면 될 것 같다."

론은 록하트의 밸런타인 꽃만큼이나 밝은 분홍빛으로 얼굴을 물들인 채 다시 입을 다물었다.

"한데 이 위험한 모험에서 어떤 역할을 했는지 지나치게 침묵을 지키는 사람이 한 명 있는 것 같구나." 덤블도어가 덧붙였다. "왜 이리 겸손하신가, 길더로이?"

해리는 놀라서 움찔했다. 록하트를 까맣게 잊고 있었던 것이다. 고개를 돌리자 방 한구석에 서서 여전히 희미한 미소를 머금고 있는 록하트가 보였다. 덤블도어의 말에, 록하트는 그가 누구에게 말을 걸었는지 보려고 뒤돌아보았다.

"덤블도어 교수님." 론이 재빨리 말했다. "비밀의 방에서 사고가 있었어요. 록하트 교수님이……."

"내가 교수였니?" 록하트가 가볍게 놀라며 말했다. "세상에. 한심했을 것 같은데. 안 그래?"

"교수님이 망각 마법을 걸려고 했는데 지팡이에서 마법이 거꾸로 발사됐어요." 론이 나직한 목소리로 덤블도어에게 설명했다.

"이런." 덤블도어가 고개를 저으며 말했다. 그의 긴 은빛 콧수염이 가볍게 흔들렸다. "제 칼에 제가 찔린 게로구먼, 길더로이!"

"칼요?" 록하트가 흐리멍덩하게 말했다. "저한텐 칼이 없는데요. 저 아이한테 있어요." 그가 해리를 가리켰다. "저 애가 빌려 드릴 거예요."

"록하트 교수도 병동으로 데려가 주겠니?" 덤블도어가 론에게 말했다. "해리와 몇 마디 더 나누고 싶구나……."

록하트가 느긋한 걸음으로 방을 나갔다. 론은 덤블도어

와 해리에게 호기심 어린 눈길을 던지며 문을 닫았다.

덤블도어가 난롯가의 의자로 향했다.

"앉거라, 해리." 그가 말하자, 해리는 왠지 모르게 긴장감을 느끼며 자리에 앉았다.

"해리, 무엇보다 고맙다고 말하고 싶구나." 덤블도어가 말했다. 그의 눈이 다시 반짝이고 있었다. "저 아래 비밀의 방에서 너는 내게 진실로 충실하다는 것을 분명하게 보여줬어. 오직 그 충실함만이 폭스를 부를 수 있단다."

덤블도어는 날개를 퍼덕이며 그의 무릎에 앉은 불사조를 쓰다듬었다. 덤블도어가 바라보자 해리는 어색하게 씩 웃었다.

"그러니까 톰 리들을 만난 거로구나." 덤블도어가 생각에 잠겨서 말했다. "그자가 너에게 무척 관심을 보였을 것 같은데……."

해리를 계속 괴롭히고 있던 뭔가가 입 밖으로 불쑥 튀어나왔다.

"덤블도어 교수님…… 리들은 제가 자기랑 비슷하다고 했어요. 이상하게 닮았다고요……."

"그랬단 말이지?" 덤블도어가 숱 많은 은빛 눈썹 아래 생각에 잠긴 듯한 눈으로 해리를 바라보며 말했다. "그럼 네 생각은 어떠냐, 해리?"

"저는 제가 그자와 닮았다고 생각하지 않아요!" 해리가
원래 내려고 했던 것보다 더 큰 목소리로 말했다. "그러니
까, 저는…… 저는 *그리핀도르*에 있고, 전……."

하지만 그는 머릿속에 도사리고 있던 의심이 다시 떠오
르는 것을 느끼며 말을 멈췄다.

"교수님." 해리가 잠시 뒤에 다시 입을 열었다. "기숙사
배정 모자는 제가 슬리데린에 가서도 잘했을 거랬어요.
다른 애들도 한동안 절 슬리데린의 후계자라고 생각했고
요……. 제가 뱀의 말을 할 줄 안다고요……."

"네가 뱀의 말을 할 줄 아는 건 말이다, 해리." 덤블도어
가 태연한 어조로 말했다. "살라자르 슬리데린의 마지막
후손인 볼드모트 경이 뱀의 말을 할 수 있기 때문이란다.
내가 잘못 생각한 게 아니라면, 그자는 너의 그 흉터를 만
들어 준 그날 밤 자기 능력의 일부를 너에게 전해 주었어.
물론 의도한 바는 아니었겠지만 말이다……."

"볼드모트가 자기 능력의 일부를 저한테 줬다고요?" 해
리가 깜짝 놀라서 물었다.

"확실히 그런 것 같구나."

"그럼 전 슬리데린에 있어야겠네요." 해리가 절망 어린

눈으로 덤블도어의 얼굴을 바라보며 말했다. "기숙사 배정 모자는 제 안에서 슬리데린의 힘을 봤고, 그리고……."

"너를 그리핀도르에 넣었지." 덤블도어가 담담하게 말했다. "내 말 잘 들거라, 해리. 공교롭게도 너는 살라자르 슬리데린이 학생들을 직접 선발할 때 중요하게 여긴 수많은 자질을 지니고 있어. 그자가 가진 굉장히 희귀한 재능인 뱀의 말을 하는 능력이라든지…… 지략, 결단력…… 규칙을 무시하는 태도도 그렇고." 또다시 콧수염을 살짝 들썩거리며 그가 덧붙였다. "그런데도 기숙사 배정 모자는 너를 그리핀도르에 넣었다. 이유는 너도 알고 있어. 생각해 보려무나."

"모자가 저를 그리핀도르에 넣은 건 단지……." 해리가 자포자기한 목소리로 말했다. "제가 슬리데린에 넣지 말아 달라고 부탁했기 때문인데요……."

"*바로 그거야.*" 덤블도어가 다시 한 번 환하게 웃으며 말했다. "그게 너와 톰 리들의 큰 *차이점*이다. 우리의 진정한 모습을 보여 주는 건 말이다, 해리, 우리가 가진 능력이 아니라 우리가 하는 선택이란다." 해리는 얼떨떨한 얼굴로 의자에 꼼짝 않고 앉아 있었다. "네가 그리핀도르에 속해 있다는 증거가 필요하다면, 해리, 이걸 더 자세히 보려무나."

덤블도어는 맥고나걸 교수의 책상으로 다가가 피로 얼룩진 은빛 검을 집어 들고 해리에게 건넸다. 해리는 멍하니 검을 뒤집어 보았다. 루비들이 난롯불 빛을 받아 눈부시게 빛나고 있었다. 그리고 해리는 칼자루 바로 밑에 새겨진 이름을 보았다.

고드릭 그리핀도르

"진정한 그리핀도르만이 모자에서 그 검을 꺼낼 수 있단다, 해리." 덤블도어가 간결하게 말했다.

잠깐 동안 둘 다 아무 말도 하지 않았다. 이윽고 덤블도어가 맥고나걸 교수의 책상 서랍을 열어 깃펜과 잉크병을 꺼냈다.

"해리, 너한테 필요한 건 뭘 좀 먹고 푹 자는 거야. 내려가서 연회를 즐기려무나. 그동안 나는 아즈카반에 편지를 써야겠다. 우리의 숲지기를 되찾아야지. 게다가《예언자일보》에 낼 광고 문안도 만들어야 한단다." 그가 생각에 잠긴 채 덧붙였다. "새로운 어둠의 마법 방어법 교수가 필요할 테니까. 이런, 그 과목 교수님들이 너무 금방 바뀌는 것 같지 않니?"

해리는 자리에서 일어나 문으로 걸어갔다. 그러나 막 문 손잡이에 손을 대려는 순간 문이 벌컥 열렸다. 어찌나 난폭하게 열었는지 문이 벽에 부딪쳐 튕겼다.

분노한 얼굴의 루시우스 말포이가 문 밖에 서 있었다. 그의 팔 아래 온몸을 붕대로 감고 웅크리고 있는 건 도비였다.

"안녕하신가, 루시우스." 덤블도어가 유쾌하게 말했다.

말포이 씨가 거칠게 방으로 들어서는 바람에 해리는 하마터면 넘어질 뻔했다. 도비는 한껏 겁에 질린 얼굴로 허둥지둥 말포이 씨를 뒤쫓아와 그의 망토 자락 아래 움츠렸다.

"그래!" 루시우스 말포이가 차가운 두 눈을 덤블도어에게 고정한 채 말했다. "돌아오셨구려. 이사들이 정직 처분을 내렸는데도 당신은 호그와트로 돌아오는 게 맞다고 생각한 거야."

"글쎄, 그게 말이네, 루시우스." 덤블도어가 차분하게 미소 지으며 말했다. "다른 열한 명의 이사들이 오늘 내게 연락해 왔다네. 솔직히 말하면, 부엉이 세례를 맞은 기분이었지. 이사들은 아서 위즐리의 딸이 살해당했다는 얘기를 듣고 내가 즉시 여기로 돌아와 주길 바랐다네. 어쨌거나 그 사람들은 내가 이 일에 가장 적임자라고 생각하는 것 같더군. 아주 이상한 얘기도 들려주었어. 어떤 사람들은 자네가 내 정직 처분에 동의하지 않으면 그들의 가족에게 저주를 걸겠다면서 위협했다고 생각하던데."

말포이 씨의 얼굴이 평소보다도 더 창백해졌지만 가느다란 두 눈은 여전히 분노로 가득했다.

"그래서, 습격은 막은 거요?" 그가 비웃었다. "범인은 잡았나?"

"잡았다네." 덤블도어가 미소 지으며 말했다.

"그래?" 말포이 씨가 날카롭게 물었다. "그게 누구요?"

"지난번하고 같은 사람이었네, 루시우스." 덤블도어가 말했다. "그러나 이번에 볼드모트 경은 다른 사람을 통해서 움직였지. 이 일기장을 이용해서 말이야."

덤블도어는 말포이 씨를 유심히 바라보며, 한가운데 커다랗게 구멍이 뚫린 작고 검은 책을 들어 올렸다. 반면 해리는 도비를 지켜보았다.

집요정은 아주 이상한 행동을 하고 있었다. 도비는 커다란 눈을 의미심장하게 해리에게 고정한 채 일기장을, 그다음에는 말포이 씨를 가리키다가 주먹으로 자기 머리를 세게 쥐어박는 행동을 반복하고 있었다.

"그랬군……." 말포이 씨가 덤블도어에게 중얼거리듯 말했다.

"교묘한 계획이었네." 덤블도어가 여전히 말포이 씨의 눈을 똑바로 응시하면서 흔들림 없는 목소리로 말했다. "여기 있는 해리와……." 말포이 씨가 날카로운 눈길로 해리를 흘끗 쏘아보았다. "이 아이의 친구 론이 이 책을 발견하지 못했더라면 말이지. 그랬다면, 지니 위즐리가 모든 죄를 뒤집어썼을지도 모르네. 그 애가 자유의지로 행동한 게 아니라는 걸 아무도 증명하지 못했겠지……."

말포이 씨는 아무 말도 하지 않았다. 그의 얼굴이 갑자기 가면처럼 굳었다.

"생각해 보게나." 덤블도어가 말을 이었다. "그랬다면 무슨 일이 일어났을지 말일세. ……위즐리 가족은 가장 핵심적인 순수 혈통 집안 중 하나일세. 이 일이 아서 위즐리와 그가 만든 머글 보호법에 미칠 영향을 생각해 보게. 다른 사람도 아닌 아서의 딸이 머글 태생들을 공격하고 살해했다는 게 밝혀졌다면 어떻게 됐겠나? 일기장이 발견되고 리들의 기억이 다 지워져서 정말 다행이군. 그렇지 않았다면 어떤 결과가 나왔을지 누가 알겠나……."

말포이 씨가 억지로 입을 열었다.

"정말 다행이군." 그가 뻣뻣하게 말했다.

그때까지도 도비는 말포이 씨의 등 뒤에서 일기장과 루

시우스 말포이를 번갈아 가리키다가 자기 머리를 쥐어박고 있었다.

해리는 문득 알아차렸다. 그가 도비에게 고개를 끄덕이자 도비는 구석으로 물러나 벌로 자기 귀를 비틀었다.

"지니가 어떻게 그 일기장을 갖게 됐는지 알고 싶지 않으세요, 말포이 씨?" 해리가 입을 열었다.

루시우스 말포이가 그에게로 몸을 돌렸다.

"멍청한 여자애가 어쩌다 그걸 손에 넣었는지 내가 어떻게 알겠냐?" 그가 말했다.

"당신이 그 애한테 줬으니까요." 해리가 말했다. "플러리시 앤 블러츠 서점에서요. 지니의 낡은 변환 마법 책을 집어 들고 그 안에 일기장을 살짝 끼워 넣었죠. 아닌가요?"

해리는 말포이 씨가 하얀 두 손을 쥐었다 폈다 하는 모습을 보았다.

"증명해 봐라." 그가 씩씩거렸다.

"아니, 아무도 증명하지 못할 걸세." 덤블도어가 해리를 향해 미소 지으며 말했다. "리들은 이제 일기장에서 사라졌으니까. 그와는 별개로 충고하겠는데, 루시우스, 볼드모트 경이 예전에 학교에서 쓰던 물건들을 퍼뜨리고 다니지 말게나. 그런 물건이 하나라도 더 순진한 아이의 손에 들어

간다면 내 생각엔 누구보다도 아서 위즐리가 나서서 자네 짓이라는 걸 밝혀 낼 테니까⋯⋯."

루시우스 말포이가 잠깐 서 있는 동안 해리는 그의 오른손이 마법 지팡이에 닿기를 갈망하듯 움찔거리는 것을 분명히 보았다. 그러나 그는 집요정에게로 돌아섰다.

"가자, 도비!"

그는 문손잡이를 비틀어 열더니 허겁지겁 다가온 집요정을 문 밖으로 뻥 차 버렸다. 그들이 복도를 걸어가는 내내 도비가 고통스러워하며 꽥꽥 내지르는 소리가 들렸다. 해리는 잠깐 서서 열심히 머리를 굴렸다. 순간 어떤 생각이 떠올랐다.

"덤블도어 교수님." 해리가 다급히 말했다. "저 일기장을 말포이 씨한테 *되돌려* 드려도 될까요? 네?"

"물론이다, 해리." 덤블도어가 담담하게 말했다. "하지만 서둘러라. 연회, 잊지 않았지?"

해리는 일기장을 움켜쥐고 연구실 밖으로 달려 나갔다. 고통에 겨운 도비의 비명 소리가 모퉁이 저편으로 점점 멀어지고 있었다. 이 계획이 과연 먹힐까 의심하면서도 해리는 재빨리 한쪽 신발을 벗고 점액투성이 더러운 양말을 벗어 일기장을 그 안에 쑤셔 넣었다. 그런 다음 어두운 복도를 달려갔다.

해리는 계단 꼭대기에서 그들을 따라잡았다.

"말포이 씨." 해리가 죽 미끄러져 멈춰 서면서 헉헉거렸다. "드릴 게 있는데요."

그러고는 냄새 나는 양말을 루시우스 말포이의 손에 억지로 쥐어 주었다.

"이게 무슨……?"

말포이 씨는 일기장에서 양말을 벗겨 내 옆으로 던지고는 분노한 얼굴로 망가진 일기장과 해리를 번갈아 보았다.

"너도 언젠가 네 부모와 똑같이 비참한 최후를 맞게 될 거다, 해리 포터." 그가 나직이 말했다. "그자들도 오지랖 넓은 멍청이였지."

그가 몸을 돌렸다.

"이리 와라, 도비. 오라고 했다!"

그러나 도비는 움직이지 않았다. 도비는 해리의 역겹고 끈적거리는 양말을 든 채, 값진 보물이라도 되는 양 그것을 바라보고 있었다.

"주인님이 도비에게 양말을 주셨어요." 도비가 놀라워하며 말했다. "주인님이 이걸 도비한테 주셨어요."

"뭐?" 말포이 씨가 내뱉었다. "뭐라고 했지?"

"도비가 양말을 받았어요." 도비가 믿어지지 않는다는 듯 말했다. "주인님이 양말을 던져서 도비가 잡았어요. 그래서 도비는…… 도비는 *자유*예요."

루시우스 말포이는 그 자리에 얼어붙어서 집요정을 빤히 바라보았다. 잠시 후 그가 해리에게 달려들었다.

"너 때문에 내 하인을 잃었어, 이 자식!"

그러나 도비가 소리쳤다. "해리 포터를 해쳐선 안 돼요!"

엄청난 쾅 소리가 나더니 말포이 씨가 뒤로 날아갔다. 그는 요란한 소리를 내면서 계단을 세 칸씩 굴러 내려가 밑의 층계참에 아무렇게나 널브러졌다. 그가 몹시 화난 얼굴로 일어나 마법 지팡이를 빼 들었지만 도비는 길고 위협적인 손가락을 치켜들었다.

"그만 가세요." 도비가 말포이 씨를 가리키며 사납게 말했다. "당신은 해리 포터를 건드려선 안 돼요. 당신은 지금 가야 해요."

루시우스 말포이에게는 선택의 여지가 없었다. 그는 마지막으로 해리와 도비에게 분노 어린 시선을 던지더니 망토를 휙 두르고 빠르게 사라졌다.

"해리 포터가 도비를 해방시켰어요!" 집요정이 해리를 올려다보며 쩌렁쩌렁하게 소리쳤다. 가장 가까운 창문으로 흘러들어 온 달빛이 도비의 동그란 눈에 비쳤다. "해리 포터가 도비를 자유롭게 해 줬어요!"

"내가 해 줄 수 있는 건 이것뿐이야, 도비." 해리가 씩 웃으며 말했다. "다시는 내 목숨을 구하려고 하지 않겠다고만 약속해 줘."

집요정의 못생긴 갈색 얼굴이 갑자기 펴졌다. 도비는 이가 드러나도록 활짝 웃었다.

"딱 하나 물어볼 게 있는데, 도비." 도비가 떨리는 손으로 해리의 양말을 신는 사이 해리가 물었다. "넌 이 일이 이름을 말해서는 안 되는 그 사람과 아무 관계도 없다고 했잖아. 기억해? 그런데……."

"그건 힌트였어요." 도비가 당연하지 않냐는 듯 눈을 크게 뜨고 말했다. "도비는 해리 포터에게 힌트를 준 거예요. 이름을 바꾸기 전에는 어둠의 왕도 자유롭게 이름 부를 수 있었으니까요. 아시겠어요?"

"그래." 해리가 힘 빠진 듯 말했다. "음, 난 가 봐야겠어. 연회도 있고, 내 친구 헤르미온느도 지금쯤 깨어났을……."

도비가 팔을 뻗어 해리의 허리를 끌어안았다.

"해리 포터는 도비가 알았던 것보다 훨씬 위대해요!" 도비가 훌쩍거렸다. "잘 있어요, 해리 포터!"

그런 다음 도비는 마지막으로 한 번 시끄러운 소리를 내면서 사라졌다.

해리는 호그와트 연회를 몇 번 경험했지만 이런 연회는 처음이었다. 모두가 잠옷 바람이었고, 축하 행사는 밤새도록 계속되었다. 해리는 가장 좋았던 일이 헤르미온느가 달려와 "네가 해냈어! 네가 해결했어!" 하고 소리 지른 것인지, 저스틴이 후플푸프 식탁 쪽에서 황급히 다가와 해리의 손을 꽉 움켜잡고 그를 의심했던 것에 끝도 없이 사과한 것인지, 해그리드가 3시 반쯤 나타나 해리와 론의 어깨를 너무 세게 치는 바람에 트라이플 접시에 처박혔던 일인지, 그와 론이 얻은 400점 덕분에 그리핀도르가 2년 연속 기숙사 우승컵을 차지한 것인지, 맥고나걸 교수가 일어서서 학생들에게 학교가 주는 선물 차원에서 모든 시험을 취소했다고 말한 것인지("이럴 수가, 안 돼!" 하고, 헤르미온느는 소리쳤다), 아니면 덤블도어가 록하트 교수는 기억을 되찾으러 가야 하기 때문에 유감스럽게도 다음 학기에 돌아올 수 없을 거라고 발표한 일인지 알 수 없었다. 마지막 발표를 반기는 환호성에는 교수들도 상당수 함께했다.

"안타깝네." 론이 잼 도넛을 먹으며 말했다. "록하트가 조금씩 마음에 들려던 참인데."

남은 여름 학기는 타오르는 햇빛 아지랑이 속에서 지나갔다. 호그와트는 몇 가지 사소한 변화와 함께 정상으로 돌아왔다. 어둠의 마법 방어법 수업은 폐강되었고("어쨌든 우리는 원 없이 연습했잖아" 하고, 론이 불만스러워하는 헤르미온느에게 말했다), 루시우스 말포이는 학교 이사 자리에서 해임되었다. 드레이코는 더 이상 학교가 자기 것인 양 거들먹거리며 다니지 못했다. 반대로 분하고 부루퉁한 표정이었다. 한편, 지니 위즐리는 다시 완벽하게 행복해졌다.

호그와트 급행열차를 타고 집으로 돌아갈 시간이 너무나 빠르게 다가왔다. 해리, 론, 헤르미온느, 프레드, 조지, 지니는 객실 하나를 차지하고 방학이 되기 전 마법 사용이 허용되는 마지막 몇 시간을 최대한 활용했다. 폭발하는 카드 게임을 하고, 프레드와 조지의 필리버스터 폭죽을 마지막 한 발까지 터뜨리고, 서로를 상대로 무장해제 마법을 연습했다. 해리는 실력이 점점 늘고 있었다.

킹스크로스역에 가까워졌을 때 해리의 머릿속에 뭔가가

떠올랐다.

"지니, 네가 뭘 봤길래 퍼시가 아무한테도 말하지 말라고 한 거야?"

"아, 그거." 지니가 키득거리며 입을 열었다. "그게…… 퍼시한테 여자 친구가 생겼거든."

프레드가 조지의 머리에 책을 한 무더기 떨어뜨렸다.

"뭐?"

"그 래번클로 반장 페넬러피 클리어워터야." 지니가 말했다. "퍼시가 여름방학 내내 편지를 쓴 상대 말이야. 퍼시는 학교 여기저기서 페넬러피를 몰래 만나고 있었어. 어느 날 빈 교실에서 둘이 키스하고 있는데 내가 들어간 거야. 페넬러피가…… 그…… 습격을 당해서 퍼시는 아주 속상해했어. 퍼시를 놀리지 않을 거지? 응?" 지니가 불안한 목소리로 덧붙였다.

"놀리다니, 그런 생각은 꿈에도 안 해." 마치 생일이 일찍 찾아온 것 같은 표정으로 프레드가 말했다.

"그렇고말고." 조지가 킬킬거리며 덧붙였다.

호그와트 급행열차는 서서히 속도를 늦추다가 마침내 멈춰 섰다.

해리는 깃펜과 양피지를 꺼내고 론과 헤르미온느를 돌아

보았다.

"이건 전화번호라는 거야." 해리는 론에게 말한 다음 전화번호를 두 번 적고 양피지를 반으로 찢어 둘에게 건넸다. "전화기 사용법은 지난여름에 너희 아빠께 말씀드렸으니 아실 거야. 더즐리네로 전화해. 알았지? 또다시 더들리하고만 대화하면서 두 달을 버틸 순 없어……."

"그래도 너희 이모랑 이모부가 자랑스러워하시지 않을까?" 헤르미온느가 말했다. 열차에서 내려 마법이 걸린 벽을 향해 몰려가는 아이들 무리에 합류했을 때였다. "네가 올해 무슨 일을 했는지 들으시면 말이야."

"자랑스러워한다고?" 해리가 말했다. "미쳤어? 죽을 기회가 그렇게 많았는데 그걸 해내지 못했잖아. 화가 나서 길길이 뛸걸……."

그렇게 그들은 다 같이 문을 통과해 다시 머글 세계로 걸어갔다.

(제3권 《해리 포터와 아즈카반의 죄수 1》에서 계속됩니다.)

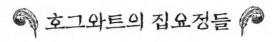

호그와트의 집요정들

♦ 래번클로 ♦

호그와트 주방에서 피땀 흘려 일하고, 벽난로 불이 꺼지지 않게 관리하고, 학생들을 위해 맛있는 식사와 학기 말 연회 음식을 휙휙 만들어 내는 건 모습을 드러내는 일이 거의 없는 집요정 무리입니다. 마법사들과는 달리 호그와트 안팎을 순간이동 할 수 있는 그들만의 강력한 마법 능력을 가진 집요정들은, 도비가 프리빗가에 처음 나타나 피튜니아 이모의 생크림 디저트에 마법을 걸었던 것처럼 부유 마법 등의 마법 주문에도 능숙합니다.

이 신기한 마법 존재들은 봉사하는 삶을 살아가면서, 마법사든 머글이든 사람들이 종종 남에게 떠넘기고 싶어 하는 청소나 요리, 물건 운반 등의 사소하고 지루한 일을 주인 대신 해 줍니다.

집요정의 역사는 호그와트의 초창기로까지 거슬러 올라갑니다. 후플푸프 기숙사의 창립자인 헬가 후플푸프는 집요정들이 대대적으로 학대를 받고 있던 시대에 그들에게 일자리와 괜찮은 생활 여건을 마련해 주었습니다. 해리가 호그와트에 다니던 시절, 덤블도어는 집요정에게 머물 곳을 제공해 주는 이 전통에 따라 도비, 윙키, 크리처를 호그와트에 받아들입니다.

호그와트의 창립자인 로위너 래번클로는 노련한 집요정들이 대연회장 연회를 위해 마련한 맛있는 음식을 즐긴 1세대 마법사입니다. 마법사들이 집요정과 주인의 관계, 그러니까 집요정이 한 집안에 영원히 봉사하는 관계를 당연하게 받아들이던 시대에 집요정들의 노동은 급료를 받지 않고 이루어졌습니다. 수백 년 동안 마법사들은 좋은 집요정의 특징은 집요정이 존재한다는 걸 결코 모르게 하는 것이라는 관점을 취했으며, 도비가 지적했듯이 집요정에게 노예 상태를 의미하는 행주 같은 잡다한 헝겊을 걸치게 하는 일에도 별로 개의치 않았습니다.

현대에는 집요정을 두고 있는 집이 많지 않습니다. 집요정을 두고 있는 집들은 종종 아주 오래된 마법사 가문과 연관되어 있는데, 그 가문들은 집요정들이 죽으면 그들의 머리를 박제해서 전시한 것으로 잘 알려져 있습니다. 집요정들은 가문의 비밀을 수호하고 그들의 명예를 지키며, 오직 주인의 허락이 있을 때만 마법을 쓸 수 있습니다. 집요정에게 최고의 법은 주인의 명령이며, 오직 도비 같은 괴짜 집요정들만이 주인 모르게 자신의 능력을 사용합니다.

집요정들에 대한 처우는 마법사 세계에 있는 착취와 편견이라는 약점을 드러냅니다. 그렇게 보면, 트라이위저드 대회가 열린 해에 헤르미온느 그레인저가 집요정을 위한 운동을 시작하고자 'S.P.E.W.', 즉 집요정 복지 증진 협회(Society for the Promotion of Elfish Welfare)를 만든 것도 놀랄 일은 아닙니다. 집요정들은 옷을 선물받을 때만 주인에게서 해방될 수 있으므로, 헤르미온느는 그들이 가져가도록 뜨개질로 만든 모자를 내놓음으로써 그들을 해방하는 것을 자신의 사명으로 삼으니

KITCHEN ELVES

주방의 집요정들

다. 헤르미온느는 호그와트를 졸업한 이후 마법 생명체 통제 관리부에서 경력을 쌓으며 집요정이나 그와 비슷한 종족들의 삶을 크게 개선하는 데 중요한 역할을 합니다.

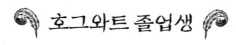

호그와트 졸업생

♦ 퀴즈 ♦

마법사들은 여러 세대에 걸쳐 호그와트에서 어린 시절을 보냈습니다. 몇몇은 마법 정부에서 걸출한 이력을 쌓아 나갔고, 몇몇은 획기적인 마법적 발견을 해냈으며, 몇몇은 엄청난 악명을 쌓았지요. 이 퀴즈를 풀면서, 호그와트 기숙사 휴게실에서 마법약 숙제를 마치고 마법사 체스를 하고 크럼핏을 구우며 행복한 시간을 보냈던 졸업생들에 관한 지식을 시험해 봅시다.

1. 후플푸프 출신 중 마법 정부에서 요직을 맡았던 사람은?
   a. 그로건 스텀프, 에글런타인 퍼펫, 제이너스 티키
   b. 그로건 스텀프, 아르테미시아 러프킨, 두걸드 맥페일
   c. 그로건 스텀프, 애덜버트 워플링, 빈딕터스 비리디언

2. 래번클로 출신인 트릴로니 교수는 유명한 예언자인 _____의 고손녀다.
   a. 카산드라
   b. 이니고
   c. 아라민타

3. 위대한 마법사 멀린은 어느 기숙사 소속이었을까?
   a. 래번클로
   b. 그리핀도르
   c. 슬리데린

래번클로 기숙사 휴게실

4. 플루 가루를 발명한 이그나샤 와일드스미스는 어느 기숙사 소속이었을까?

    a. 후플푸프

    b. 래번클로

    c. 그리핀도르

5. 시리우스의 슬리데린 친척 중 정부에 머글 사냥을 합법화하는 법안을 제출한 사람은?

    a. 아라민타 멀리플루아 블랙

    b. 엘라도라 블랙

    c. 피니어스 나이젤러스 블랙

6. 다음 중 호그와트 학생들이 자주 방문하는 마법사 마을 호그스미드를 만든 마법사는?

    a. 그리핀도르 출신 니컬러스 드 밈시포핑턴 경

    b. 래번클로 출신 로컨 맥레어드

    c. 후플푸프 출신 우드크로프트의 헹기스트

7. 앨리스와 프랭크 롱보텀 부부를 고문 끝에 미치게 만든 슬리데린 출신 악명 높은 마법사들은?

    a. 물키베르와 에이버리

    b. 로돌푸스와 벨라트릭스 레스트레인지

    c. 로지어와 윌크스

8. 후플푸프가 배출한 유명한 숫자점 대가는 누구일까?

    a. 브리짓 웬록

b. 보먼 라이트

c. 걸리버 포크비

9. 그리핀도르 출신인 셀레스티나 워벡은 유명한 마법사 가수가 되었다. 다음 중 그녀의 히트곡이 아닌 것은?

a. 내 솥단지는 훔쳤을지 몰라도 내 마법 지팡이는 가질 수 없을 거야

b. 뜨겁고 강렬한 사랑으로 가득 찬 솥단지

c. 당신이 내 심장을 마법으로 빼앗았어

10. 그리핀도르 출신 올리버 우드가 호그와트를 졸업한 직후 2군 팀에 입단한 영국 퀴디치 팀은?

a. 처들리 캐넌스

b. 퍼들미어 유나이티드

c. 위그타운 원더러스

이 책의 마지막 페이지를 펼쳐 정답을 알아보세요.

래번클로 기숙사

◆ 상징과 영감 ◆

미술상 수상 작가인 일러스트레이터 레비 핀폴드는 호그와트 기숙사 문장의 영감을 어디서 얻었는지 이야기해 주었습니다.

1. 호그와트 기숙사 문장을 그려 달라는 요청을 받았을 때 기분이 어땠나요?

한두 시간 동안 세상이 초현실적인 기적의 땅처럼 느껴졌고, 그다음에는 내가 실제로 그 일을 해내야 한다는 것을 깨달았습니다! 《해리 포터》는 너무도 많은 사람에게 큰 의미를 갖는 작품이기에 이 일에는 책임감이 따랐어요.

2. 어디에서 영감을 얻었나요?

호그와트 문장은 중세 문장학의 상징적인 표현에 근거를 두고 있으므로, 나뭇잎과 동물, 기이한 필체 등 중세 사람들이 사용했던 온갖 낯선 상징적 표현을 이용했습니다.

3. 어느 기숙사 문장을 그리는 것이 가장 즐거웠나요?

슬리데린입니다. 늘 코카트리스(머리, 다리, 날개는 닭이고 몸과 꼬리는 뱀의 모습을 한 괴물로, 바실리스크와 동일시되는 경우도 있다—옮긴이)를 그리고 싶었는데, 그럴 기회가 한 번도 없었기에 재미있었어요!

4. 가장 만들기 어려웠던 문장은?

그리핀도르입니다. 각기 다른 도안을 20개 정도 그려 보고 나서야 제대로 그렸다는 느낌이 들더군요.

5. 호그와트에 입학한다면 어느 기숙사에 배정될 것 같나요?

포터모어에서는 래번클로라고 나왔지만, 마음속 깊은 곳에서는 후플푸프야말로 저에게 맞는 곳이라고 생각합니다.

A. 창날은 번뜩이는 재치를 상징.

B. 양피지 두루마리는 학문에서의 성취를 의미.

C. 책은 배움과 지식의 상징.

D. 전투에서의 전략가를 나타내는 까마귀.

E. 올빼미는 조심성과 지혜의 상징.

F. 깃펜은 교육의 상징.

G. 여우는 자신을 지키기 위해 온갖 꾀를 사용하는 존재.

H. 지략이 풍부함을 나타내는 거위.

레비 핀폴드는 그가 기억하는 한 가장 어린 시절부터 상상력을 원천으로 그림을 그려 왔습니다. 그가 출간한 그림책으로는 《장고》, 《블랙 독》, 《그린링》이 있습니다. 그는 《블랙 독》으로 2013년 유명한 CILIP 케이트 그리너웨이 훈장을 수상했습니다. 딘 숲에서 태어난 레비 핀폴드는 어쩌다 보니 오스트레일리아 뉴사우스웨일스주 북부에 살게 되었으며, 그림, 책, 음악, 몇 마리의 고양이들을 좋아합니다.

호그와트 퀴즈 정답 : 1.b, 2.a, 3.c, 4.b, 5.a, 6.c, 7.b, 8.a, 9.a, 10.b

강동혁은 서울대학교 영문학과와 사회학과를 졸업하고 같은 학교 대학원에서
영문학 석사학위를 받았다. 옮긴 책으로는 《신비한 동물사전 원작 시나리오》,
《일곱 건의 살인에 대한 간략한 역사》, 《레스》, 《이 소년의 삶》 등이 있다.

해리 포터와 비밀의 방 2(래번클로 기숙사 에디션)

초판 1쇄 인쇄 2022년 5월 6일
초판 1쇄 발행 2022년 6월 7일

지은이 | J.K. 롤링
옮긴이 | 강동혁
발행인 | 강봉자, 김은경

펴낸곳 | (주)문학수첩
주소 | 경기도 파주시 회동길 503-1(문발동 633-4) 출판문화단지
전화 | 031-955-9088(마케팅부), 9532(편집부)
팩스 | 031-955-9066
등록 | 1991년 11월 27일 제16-482호

홈페이지 | www.moonhak.co.kr
블로그 | blog.naver.com/moonhak91
이메일 | moonhak@moonhak.co.kr

ISBN 978-89-8392-915-0 04840
    978-89-8392-901-3 (세트)

* 파본은 구매처에서 바꾸어 드립니다.